그녀에서 영원까지
박정대 시집

문학동네시인선 085 박정대

그녀에서 영원까지

리산에게 —

시인의 말

이것은 시니피앙과 시니피에의 문제이다

이 시집은 81,082자
44편의 시로 이루어졌다

그럼 이만 총총

2016년 가을
전직 천사

언어의 문제 때문에 이 행성은
그토록 아름답고 낯설어진다
—짐 자무시

차례

시인의 말   007

아무르   014
여진(女眞)   015
영원이라서 가능한 밤과 낮이 있다   016
실험 음악   019
의기양양(계속 걷기 위한 삼중주)   020

말갈이나 숙신의 언어로 비가 내리고 있었다

횡단을 위한 주파수   072
말을 타고 이고르가 온다   073
파리에서의 모샘치 낚시   076
남만극장(南蠻劇場)   078
천사가 지나간다   082
체 게바라가 그려진 지포 라이터 관리술   084
혁명적 인간   086
Only poets left alive   089
그때 나는 여리고성에 있었다   090

고독이 무릎처럼 내 앞에 쭈그리고 앉았다

콧수염 러프 컷 동맹   094
인터내셔널 포에트리 급진 오랑캐 밴드   095
몇 개의 음향으로 이루어진 시   096
자유   099
잠의 제국에서 바라보나니   101
오, 박정대   102
닐 영은 말해보시오   106
새로운 천사는 없다   107
세상의 모든 하늘은 정선의 가을로 간다   108
네가 봄이런가   109
아, 박정대   111
리산   122
비원   124

그대는 솔리튀드 광장이었나니

정선   126
불꽃의 성분   128

발칸 연주는 발칸 반도를 연주하는 게 아니지   130

시인 박멸   132

시인 불멸   134

솔리튀드 광장   135

환상의 빛   137

한 여인이 물통을 들고 안개 자욱한 들판 쪽으로 걸어갔다

우리는 밤중에 배회하고 소멸한다   140

알라후 아크바르   145

이스파한에서의 한때   147

쉬라즈   148

누군가 고개를 숙이고 앉아 있다   149

56억 7천만 년의 밤   151

금각사   152

여진(女眞)   153

아무르   155

발문|Pak Jeong-de Pêche de Paris   157
　　|장드파(시인)
해설|더 먼 곳에서 돌아오는   173
　　|박정대

아무르

단언컨대 아름다움이란 자발적이다

아무르 아무르 아무리 속삭여도

사랑의 귀는 열리지 않는다

오직 사랑하는 이들만이

오롯이 살아남는다

전직 천사의 입장에서 볼 때

아무르 아무르 생각해봐도

어떤 아름다움이 인류를 구원한다

인류를 구원하기 위해

그들이 술을 마시고 있는 밤이다

여진(女眞)

문득 치어다본 하늘은
여진의 가을이다
구름들은 많아서 어디로들 흘러간다
하늘엔 가끔 말발굽 같은 것들도 보인다
바람이 불 때마다
여진의 살내음새 불어온다
가을처럼 수염이 삐죽 돋아난 사내들
가랑잎처럼 거리를 떠돌다
호롱불,
꽃잎처럼 피어나는 밤이 오면
속수무책
구름의 방향으로 흩어질 것이다
어느 여진의 창가에
밤새 쌓일 것이다
여진여진 쌓일 것이다

영원이라서 가능한 밤과 낮이 있다
—장욱에게

영원이라서 가능한 밤과 낮이 있다

가령 어느 날 밤 홍대 앞을 지나다 너를 만났을 때 문득 물었다, 어디로 가느냐고

너는 마늘을 사러 간다고 말했다

귀신이 사라진 시대에 없는 귀신을 위해 마늘을 사러 간다는 것은 얼마나 아름다운 일인가

코끼리 군은 기다란 코 위에 안경을 걸치고 가끔은 아무도 읽지 않는 탐정 소설을 쓴다고도 했다

옛날 소설에나 나오던 탐정, 탐정이 사라진 시대에 탐정 소설을 쓴다는 것은 얼마나 아름다운가

아무도 듣지 않는 노래를 부르는 가수는 또 얼마나 아름다운가

한밤중에 술을 마시고 사내들은 몇 번을 결혼했던가 몇 번을 죽었던가

백주 대낮에 술을 마시고 여자들은 몇 번을 이혼했던가 몇

번을 새로 태어났던가

거대한 도시에 엄청난 테러가 일어났던 낮에도 애도의 물
결이 전 세계를 휩쓸던 밤에도 나는 보았다, 밤하늘에서 위
태롭고 쓸쓸하게 빛나는 초승달 하나를

태양 하나를

내가 너를 처음 보았을 때를 기억하는가

내가 너를 처음 보았을 때 너는 그저 우주를 떠도는 희미
한 먼지였을 뿐이다

내가 너를 처음 알아보았을 때 너는 조금 더 커진 희미
한 형상

내가 너에게 처음으로 말을 걸었을 때 그때서야 너는 가
까스로 인간의 형상을 갖추었다

가령 나는 아직 태어나지도 않았는데 너의 경우는 어떤
가?

네가 나를 처음 보았을 때를 기억하는가

네가 나를 처음 알아보았을 때를 기억하는가

네가 나에게 처음으로 말을 걸었을 때를 기억하는가

전직 천사로서 말하노니, 장욱아

이 모든 게 영원이라서 가능하다

지금 이 시를 쓰고 있는 것도 누군가 이 시를 읽는 것도
영원이라서, 영원이라서 가능하다

영원이라서 가능한 밤과 낮이 있다

실험 음악

눈을 감고, 나는

새

가슴속 대초원을 횡단하는 한 마리 시

오랫동안 실험 음악에 대하여 생각했다

실험 음악은 음악을 실험하는 걸까

실험을 음악하는 걸까

하루에 두 잔의 블랙커피, 두 편의 시

두 보루의 담배는 말고 두보류의 사색

한 천년 정도 잠들 수 있다면

나는 무슨 꿈을 꿀까

한 천년 동안 잠들어 내가 꾸는 꿈

그게 바로 실험 음악이다

의기양양(계속 걷기 위한 삼중주)

Musics

There were nights when I fell asleep embracing you. With snow falling outside the window all night long, if I boarded that white sailing ship and set off for very far away, I used to arrive on KyukYeolBiYeol-do, my youth's westernmost island. There, with the Shandong Peninsula visible, you and I lived on one leaf of immortality, two leaves of insomnia, three leaves of love and four leaves of kissing. All night long on the bleak plains of those who lost love the sound of winter night galloping, Uighur, Uighur comes echoing but if I open the window of my tiny nation that none can invade, a few drops of music dangling still at the tips of icicles hanging from the eaves, morning is far off, noon and evening yet farther, dawn with someone lightly chopping falling snow like scallions or quietly washing rice, and in my youth's westernmost island snow like music falls even now.

Instructions for the Use of a Zippo Lighter with Che Guevara

Too much coffee!

Too many cigarettes!

But more rest and love!

More fantasies!

Leftist Evening Listening to Tom Waits

A leftist evening listening to your songs, leaning my aching left side against a worn out chair.

You remember, Tom, back then, how we drank one night in some North European port city with snow falling?

Snowflakes poured through gaps in the black night and in the city's piano-keyboard-like back-alleys, Tom, you sang songs in a cold voice that smelled of wind.

Did the gypsies all come swarming to that bar?

In your voice a gypsy's blood ran, a voice like the wind of someone who had long wandered the streets.

The North European night was deep and cold, the one singing and the ones listening all looked like tramps but still, for sure, we were voluntary hermits dreaming of nothing so able to dream of everything.

We wandered everywhere that was outside of life.

Time of another life glimpsed through the gap of time's door, Louis Amalek shouted as he watched an evening soccer match, Olivier Durance, drunken, stared blankly outside the door.

So-called life is basically that kind of blank staring, waiting for things that never come, and singing

What's the difference between vagrant and nomad?

What's the difference between life and living?

Then as now, we still don't know but the time we left behind must be piled up untouched on memory's shelf

In that streets where death used all the time to go pass-
ing through life, no matter how late, friends went pouring
into bars.

That bullying detective Paolo Gross came in his black
coat, that king of moustaches, Jang de Par, came twisting
his moustache

Everything that moved was a poem and the inside of every-
thing that did not move was a poem too.

I wonder if you remember, Tom, it was you who sang
most sorrowfully that night as snowflakes twisted blankly
like light creatures all night long

In the streets of life that death passed through still we
made memory of the dead as we drank ourselves to death

Snow fell all night and as the streets' chill was being buried
beneath the snow, might what we who were gathered before
Paolo's little flashlight and been trying to find all night have
been a clue about life?

Once past all the beer stores and cigarette stores the lights of a factory on late overtime still shone and in an attic beneath a still burning lamp someone was groaning as they composed the draft for a declaration of life.

If you wondered whether it's alright to fritter the night away blankly while someone is painfully pushing through life, it was frightening. Frightening, so cold. Therefore we sang along with you till daybreak

I wonder if you remember, Tom, as the snowflakes falling then kept moistening my window, kept falling, the factory light went out, the lamp in the attic is gradually dimming, the freedom of a life nobody declares.

Midnight's seething revolution, only the cats are howling

Therefore, Tom, sing as you did then, a song of flames blazing fiercely even amidst the surging snowflakes

So, Tom, now, a leftist evening listening to your songs, leaning my aching left side against a chair.

Dingbat Heights

)

✈

●

☆

⚐

)

☆

⚐︎

Pardon, Pardon Pak Jeong-de

Pardon, no other first greeting is possible

Pardon, Les Deux Magots, Sorry, two Chinese dolls

One day I went to visit him in the apartment where he was living in Paris, he was a former angel, it was when everybody had left for the summer holidays, I agreed to meet him in a café just below his apartment, it was when I was preparing my seventh work, the following text is a more or less faithful transcript of my conversation with the former angel

—You have said that all poetry-writing people are former angels. What does that mean?

A poet, just by existing, is sufficient, and while you are interviewing me you may find yourself repeating to yourself five or six times, "My, what fine words! But what on earth is he talking about?"

Whoever draws a skull on his fist while being interviewed is a poet, After all, a poem is something that shows the beauty inside the beast, Like a magic spell, a poem is difficult to explain, From now on I will do my utmost to explain poet and poem to you, But I wonder if you can represent in writing my gestures, expression, the sound of my cackling laughter? Writing poetry is something very inward and lonely. In some ways a poet's very image is itself a poem, While you are interviewing me you are reading a poem.

In my poetry, the most important decision is to fix the last moment and there chance plays a major role, if you look at it one way, I am always writing the same poem repeatedly, over and over, People are all different, Each one's character is the result of the childhood they spent, whether people realize it or not, they spend their whole lives rehashing the same idea.

Writing poetry is a great exploration, A poet writes poems for purely private reasons, in order to discover something for himself. Poetry writing is a personal process arising through a form of expression known as poetry which has to have a few readers as its aim, In so far as a poem transmits an interesting emotion with the perspective of that poem alone, the factis proven that nobody complains about technical errors, Supposing there is someone who wants to write a poem at this moment, even if they have no idea how to do it, just write, so they come to know, it's the most reliable and fundamental method for being able to write poetry.

To some degree it is possible to learn about poetry by seeing poems written by others, But here lurks the risk of falling into the trap known as "hommage", After reading the poems of some great poet you can try to copy them in your own poems, but if that is done out of sheer respect it will not work, It is only if you find the solution to your own problems in another person's poem and that influence survives in your own poem that copying is effective. If we mean "borrowing" out of respect, the goal in seeking a solution is to "filch" and filching alone is fair, if you need to, don't hesitate, all poets filch.

It is thanks to an unforeseen accident following intuition and improvisation alone that poem becomes full of magic.

Actually, when I am writing a poem, I often do not bother which line I am writing, I just keep listening to music, Because if I'm a good poet, obviously there can be no doubt that I shall write good lines correctly, therefore as I listen to music that suits the mood I focus more on matching the poem to the music.

Whether I use music for a poem or not, the essential music is always there, unseen, unheard, like a ghost, the existence of music makes god live and move, that's real poetry.

Poetry's creativity is an illusion, a poem is not a sacred scripture, Every poet has his limits, When I am writing a poem I am controlling nothing.

While the person now interviewing me may be Laurent Tirard or myself, The words I am speaking now may be my own words, may be the words of other people who replied to Laurent Tirard's interviewing, Interviewer and interviewee are in fact all the people in the world, But what does that mean? To borrow the title of a movie by Pedro Almodóvar, "What Have I Done to Deserve This?"

—**This place where you are currently, what kind of a place is it?**

I asked again, He was gazing into space, I had not had supper and inside my stomach sounds like the neighing of horses and the babbling of brooks issued, He lit a cigarette and spoke while he smoked.

The wind is blowing, The Tuul River is winding about the waist of this ancient nomadic tribe and seems about to ascend to heaven, Reeds and tiny Mongolian lakeside plants are flapping like tents. This is Ulaanbaatar.

I look Genghis Khan in the eye. His two half-moon-like slit eyes are gazing at the Mongolian children splashing and playing in the Tuul River.

Persona, I am standing beside the windswept Tuul River thinking of the persona of limitless time

Persona, Magnolia, Melancholia, Mongolia.

The wind is blowing, This is Ulaanbaatar's Tuul Riverside, The wind is blowing from off the river, crosses the Sar Moron grasslands, into my inside and I call that moment poetry, My poetry is galloping on horseback over the insides of grasslands drenched in starlight.

Or rather, here is a windy evening on the hill of Montmartre.

—Tell me something about the friends you often meet, and when do you feel yourself to be a poet?

Poets' names are all different yet all poets' names are ultimately one.

Suppose now, as we are conducting this interview, invisibly, and angel passed between us.

Gaston Bachelard, Ghassan Kanafany, Nick Cave, Neil Young, Rashid Nugmanov, Marcel Duchamp, Michel Houellebecq, Bob Dylan, Bob Marley, Baek Seok, Vladimir Mayakovsky, Viktor Tsoi, Agnés Jaoui, Aktan Abdykalykov, Andy Warhol, Emir Kusturica, Jean-Luc Godard, Georges Perec, Jia Zhangke, Jim Jarmusch, Che Guevara, Karl Marx, Tom Waits, Tristan Tzara, Pascal Quinard, Fernando Pessoa, Françoise Hardy, François Truffaut, Pierre Reverdy

So the greatest pain is subject to love, Likewise the greatest love is subject to pain, It's another name for the same emotion, Or rather, every emotion comes from one name.

Isidore-Lucien Ducasse, Lautréamont, Arthur Rimbaud, Paul Verlaine, Romain Gary, Émile Ajar, Jean Seberg, Jean-Philippe Toussaint, Jean Genet, Jean Cocteau, René Char, Henri-Frédéric Blanc, Patrick Modiano, Marguerite Duras, Honoré de Balzac, Gérard de Nerval, Stéphane Mallarmé, Paul Valéry, Paul Claudel, Serge Gainsbourg, Jane Birkin, Leung Chiu-wai, Lau Kar-ling, Rainer Maria Rilke, Friedrich Nietzsche, Lou Salomé, Frédéric Pajak, Django Reinhardt, Maxim Gorky

As I said before, people who write poetry are all former angels, On days when I'm wearing a white shirt I feel I'm a former angel, On days when sensations emerge bright as kerosene lamps I descend to human villages and drink a glass of wine, On days when it rains all day I feel people's temperatures beside a stove, Former angels feel lonely because they love someone, On days when nothing longed-for comes to mind I just stare at the ivy clinging to the wall,

After watching the tears of the void running down the ivy-stems I gently rub my eyes, A crowd of objects goes flowing into the desert of dry-eyes following the horizon, Someone opens the door and comes in while someone else shuts the door and goes our, On days when I'm wearing a white shirt I feel I'm a former angel, As I smoke a cigarette I hang in the void like the cigarette smoke.

Nikos Kazantzakis, Albert Camus, Samuel Beckett, Le Clézio, Richard Brautigan, Jorge Luis Borges, Bertolt Brecht, Gabriel Garcia Marquez, Jack Kerouac, William Burroughs, Michel Tournier, Agota Kristof, Christoph Bataille, Eugéne Ionesco, Milan Kundera , Italo Calvino, Kurt Vonnegut, Raymond Carver, Mark Chandler, John Cheever, Takahashi Gen'ichiro, Amy Yamada, Haruki Murakami, Murakami Ryu, Lu Xun, Natsume Soseki, Yukio Mishima, Luis SepÐveda, Franz Kafka, Alain Robbe-Grillet, Drieu La Rochelle, Robert Musil

Molière, Jean-Baptiste Poquelin, Laurent Tirard, Romain Duris, Antonin Artaud

Poets smoke cigarettes in tiny attic rooms and sails across

— vast continents

Octavio Paz, Céar Vallejo, Allen Ginsberg, Ingeborg Bachmann, Forugh Farrokhzad

The wind will carry us

The world's breath blowing in every time you dream, You and I are already the world's most satisfying heart

I shut my eyes beneath a black sun and dream of a sublime, eternal planet

Guy Debord, Roland Barthes, Gustave Courbet, Oscar Wilde, Richard Long, Sigmund Freud, Carl Gustav Jung, Robert Bresson, Saint Jean Perse, Heinrich Böll, Hermann Hesse, Wolfgang Borchert, Edward Said, Theodor Adorno, Friedrich Hegel, Hong Sang Su, Constantin BrâcuÐ, Vincent van Gogh, Paul Gauguin, Dan Flavin, John Lennon, George Harrison, Jim Morrison, Lou Reed, Nam June Paik, Michel Polnareff, Pascal Bruckner, Miguel de Unamuno, Gus van Sant, John Cage, John Cassavetes, Kazimir Malevich

—

Suppose there were planets such as these

Galsan Tschinag, Osamu Dazai, Maurice Blanchot, Bahman
Ghobadi, Bernard Marie Koltés, Bernard-Henri Lévy, Banksy,
Abel Ferrara, Alain Badiou, Judith Hermann, Juli Zeh, Jean
de Par, Jean-Luc Nancy, Georges Moustaki, Julia Kristeva,
Cesare Pavese, Karel Đapek, Tristram Hunt, Ferdinand de
Saussure, Peter Handke, Peter Hoeg, Francis Wynn, Friedrich
Engels, Pierre Paolo Pasolini, Philippe Sollers, Henry David
Thoreau, an island made for walking, Pak Jjeong:de

Poems are written for a community that cannot be dis-
closed

Henri Michaux, Ernst Jandl, Friederike Mayröcker, Ho
Chi Minh

Poems are written for a community that cannot be named
and are consumed by a community that cannot be named,

Wisława Szymborska, Ai Qing, Alexander Blok, Anna
Akhmatova, Sergei Yesenin, Boris Pasternak, Yevgeniy
Yevtushenko, Andrei Voznesensky, Joseph Brodsky,

Charles-Pierre Baudelaire, Pablo Neruda, Ezra Pound, Thomas Stearns Eliot, Rainer Kunze, Vincent Millay, Sylvia Plath, Ted Hughes, Enzensberger, Francis Ponge, Robert Danton, John Donne, Paul Éluard, Philippe Jaccottet, Jules Supervielle, Jacques Prévert, Susan Sontag, Herbert Marcuse, Johan Huizinga, Yves Bonnefoy, Yordan Yovkov, Aldo Leopold, Isadora Duncan, Edward Hopper, Isabel Millet, Max Picard, Glenn Gould, Virginia Wolf, Christoph Meckel, David Herbert Lawrence, Bernard Olivier, Pascal Mercier, Cyrano de Bergerac, Marquis de Sade, Patrick Süskind, Wolf Wondratschek, Arto Paasilinna, Wim Wenders, Wong Kar-wai, Li He, Li San, Henri Bosco, Charles Bukowski, Ibrahim Ferrer, Hugo Ball, Janice Joplin, Victor Stoichita, Gwenaelle Aubry, Robert M. Pirsig, Tim Burton, Johnny Depp, Omar Khayyam, Nathalie Sarraute, Rivka Galchen, Christina Perri Rossi, Garcia Lorca, Theodore Monod, Christine Orban, Roger Grenier, Christian Barosch, Blaise Cendrars, Jean Giono, Roger Nemea, Marguerite Yourcenar, Pascal Jardin, Vincent Delacroix, Woody Allen, David Lynch, Emmanuel Levinas, Marie Darrieussecq, William Blake, Béla Tarr, Kurt Cobain

So-called seditious poems are composed by revolution-
ary humor

Isabelle Huppert, Naoko Ogigami, Choi Min-sik, Philip
Giacometti, John Lee Anderson, Hirokazu Koreeda, Aziz
Nesin, Jean-Michel Basquiat, Keith Herring, Antonio
Gaudi, Pablo Neruda, Yi Tae-Seok, Leonard Cohen, Malik
Bendjelloul, Sisto Rodriguez.

And poems composed by revolutionary humor dream
everyday of bungee jumping from liberated Pamir bungee

Kareong Yureongssi(Suppose Mr. Ghost), Gatsan Yakreongsi
(Gatsan Herbal Market), Godot Amalfi(High Amalfi),
Searching for Sugarless Man, Jinbu Umjikssi(Real Verb),
John Katzberg, Paolo Grosso, Grosso Ono, Cezanne
Portu(Three Glasses of Portu), Provence Che, Lavender
Button, TeamGwangseok, Yemir Kusturica, Guy Cordoba,
Clara Marley, Bang Bang Club(Round and Round Frater-
nity), Munakamja Haruchi(One Day's Portion of Radish
or Potatoes), George Musasino, Gainsbourg Song, Jaoui
Chiyhyang(Jaoui Liking), Solitude Mali, Víctor Tzara,
Tristan Hara, Moliére d'Amour, Cheung Man-yuk Hap-

pening, Cabaret Voltaire, Gue Chevara

Suppose living apart from those and dreaming the same things as they, that is what living as a poet means to me

On days when I'm wearing a white shirt my wings flap as I write poetry

My poetry is in the infinite void

In actual fact, he seemed to be repeating inwardly "I have nothing more to say", He had already drunk several cups of coffee with me, he seemed to be eager to go back quickly to his apartment, He looked as though he wanted to have a beer, snuggled on the sofa in his lonely apartment, and also perhaps because the time for him to meet the "angel" was approaching, His heart was giving off sounds of horses'hoofs eager to go galloping up to his apartment.

—Finally, what would you like to say to people reading this interview?

Pardon, Ho Chi Minh, pardon, pardon, Pak Jeong-de

As I finished the interview, an apologetic expression crossed his face briefly, perhaps for that reason, he asked my name and, saying it was a recent work, signed and gave me a poster on which was a long title, "So, snow-flakes, immortal Pensive Boddhisattvas landing now both cold and hot on this street, may you live in a beau-tiful season", then asked me if I wanted a beer, sounds of a horse neighing and a stream trickling were still issuing from my stomach but I agreed, Leaving the café he led the way to thestreets of Saint Germain des Prés, Passing the Café de Flore and the Café Les Deux Magots, he took me to a place called "Cocaine", In the Cocaine a song by Tom Waits was playing, By the window Emir Kusturica was sitting alone with his scraggly beard, drinking, Tim Burton was sitting at a table near the bar cracking noisy jokes with his girl-friend, As we sat down, he asked,

—What will you have?

I looked at him as I replied,

—The same as you, poet Pak Jeong-de!

What I really wanted to drink was "In the Solitude of Cotton Fields" but I did not tell him that, Tom Waits was singing in a deep, low voice, It was night.

———————————————

The job known as living is sentimental

I am no love-communist but every time I see love spread in all directions I am seized with a wonderful love for humanity

While I sympathize with the code of love-communism, 'Emeralds and diamonds may sleep together but when morning comes emeralds have to wake as emeralds, diamonds as diamonds', beyond that I dream of the love of Colloides sonores, agglutinating sounds, so rather I am closer to being a love-Leibnitzist.

I might have chosen the job known as living because of an eternal yearning for the other.

I exist because of solitude and differentiation

*

Like a wolf-hunter awaiting a mystery that does not come from a remote planet, as I await a green-eyed poem I deliver the territory of night and daybreak to solitude and silence.

It looks as though it's going to snow all night

Hey, soulmates, let's unite! (How? However!)

A bare-foot Pensive Boddhisattva set up by the window, a Che Guevara lighter, a cigarette, solitude, they're real.

Translated by Brother Anthony of Taizé
and Chung Eun-Gwi

음악들

너를 껴안고 잠든 밤이 있었지, 창밖에는 밤새도록 눈이 내려 그 하얀 돛배를 타고 밤의 아주 먼 곳으로 나아가면 내 청춘의 격렬비열도에 닿곤 했지, 산둥 반도가 보이는 그곳에서 너와 나는 한 잎의 불멸, 두 잎의 불면, 세 잎의 사랑과 네 잎의 입맞춤으로 살았지, 사랑을 잃어버린 자들의 스산한 벌판에선 밤새 겨울밤이 말달리는 소리, 위구르, 위구르 들려오는데 아무도 침범하지 못한 내 작은 나라의 봉창을 열면 그때까지도 처마 끝 고드름에 매달려 있는 몇 방울의 음악들, 아직 아침은 멀고 대낮과 저녁은 더욱더 먼데 누군가 파뿌리 같은 눈발을 사락사락 썰며 조용히 쌀을 씻어 안치는 새벽, 내 청춘의 격렬비열도엔 아직도 음악 같은 눈이 내리지

체 게바라가 그려진 지포 라이터 관리술

너무 많은 커피!
너무 많은 담배!

그러나 더 많은 휴식과 사랑을!

더 많은 몽상을!

톰 웨이츠를 듣는 좌파적 저녁

아픈 왼쪽 허리를 낡은 의자에 기대며 네 노래를 듣는 좌
파적 저녁

기억하는지 톰, 그때 우리는 눈 내리는 북구의 밤 항구 도
시에서 술을 마셨지

검은 밤의 틈으로 눈발이 쏟아져 피아노 건반 같던 도시
의 뒷골목에서 톰, 너는 바람 냄새 나는 차가운 목소리로 노
래를 불렀지

집시들이 다 그 술집으로 몰려왔던가

네 목소리엔 집시의 피가 흘렀지, 오랜 세월 길 위를 떠돈
자의 바람 같은 목소리

북구의 밤은 깊고 추워 노래를 부르는 사람도 노래를 듣
던 사람도 모두 부랑자 같았지만 아무렴 어때 우리는 아무
것도 꿈꾸지 않아 모든 걸 꿈꿀 수 있는 자발적 은둔자였지

생의 바깥이라면 그 어디든 떠돌았지

시간의 문 틈새로 보이던 또다른 생의 시간, 루이 아말렉은 심야의 축구 경기를 보며 소리를 질렀고 올리비에 뒤랑스는 술에 취해 하염없이 문밖을 쳐다보았지

　삶이란 원래 그런 것 하염없이 쳐다보는 것 오지 않는 것들을 기다리며 노래나 부르는 것

　부랑과 유랑의 차이는 무엇일까

　삶과 생의 차이는 무엇일까

　그때나 지금이나 우리는 여전히 모르지만 두고 온 시간만은 추억의 선반 위에 고스란히 쌓여 있겠지

　죽음이 매 순간 삶을 관통하던 그 거리에서 늦게라도 친구들은 술집으로 모여들었지

　양아치 탐정 파올로 그로쏘는 검은 코트 차림으로 왔고 콧수염의 제왕 장드파는 콧수염을 휘날리며 왔지

　움직이는 모든 것들이 시였고 움직이지 않는 모든 것들의 내면도 시였지

기억하는지 톰, 밤새 가벼운 생들처럼 눈발 하염없이 휘날리던 그날 밤 가장 서럽게 노래 불렀던 것이 너였다는 것을

죽음이 관통하는 삶의 거리에서 그래도 우리는 죽은 자를 추모하며 죽도록 술을 마셨지

밤새 눈이 내리고 거리의 추위도 눈발에 묻혀갈 즈음 파올로의 작은 손전등 앞에 모인 우리가 밤새 찾으려 했던 것은 생의 어떤 실마리였을까

맥줏가게와 담뱃가게를 다 지나면 아직 야근중인 공장 불빛이 빛나고 다락방에서는 여전히 꺼지지 않은 불빛 아래서 누군가 끙끙거리며 생의 선언문 초안을 작성하고 있었지

누군가는 아프게 생을 밀고 가는데 우리는 하염없이 밤을 탕진해도 되는 걸까 생각을 하면 두려웠지 두려워서 추웠지 그래서 동이 틀 때까지 너의 노래를 따라 불렀지

기억하는지 톰, 그때 내리던 눈발 여전히 내 방 창문을 적시며 아직도 내리는데 공장의 불빛은 꺼지고 다락방의 등잔불도 이제는 서서히 꺼져가는데 아무도 선언하지 않는 삶의 자유

끓어오르는 자정의 혁명, 고양이들만 울고 있지

그러니까 톰, 그때처럼 노래를 불러줘, 떼 지어 몰려오는 눈발 속에서도 앙칼지게 타오르는 불꽃의 노래를

그러니까 톰, 지금은 아픈 왼쪽 허리를 낡은 의자에 기대며 네 노래를 듣는 좌파적 저녁

딩뱃 고원

)

✈

●

☆

—

파르동, 파르동 박정대

파르동, 먼저 이렇게 인사를 할 수밖에

파르동 레 되 마고, 미안해요 두 개의 중국 인형

  어느 날 나는 그가 살고 있는 파리의 아파트로 그를 찾아
갔다. 그는 전직 천사였다. 그때는 모든 사람들이 여름휴가
를 떠난 시기였다. 나는 그의 아파트 아래 있는 한 카페에서
그를 만나기로 했다. 그때 나는 나의 일곱번째 작품을 준비

하고 있었다. 이어지는 본문은 전직 천사와의 대화를 거의
그대로 옮겨놓은 것이다

— 시를 쓰는 사람들은 모두 전직 천사들이다, 라는 말을
한 적이 있다. 그 말의 의미는 무엇인가?

시인은, 그 존재만으로도 이미 충분하다. 당신은 나를 인
터뷰하는 동안에도 아마 대여섯 번씩 혼자 되뇔 것이다. '세
상에, 정말 멋진 이야기야, 그런데 도대체 무슨 이야기를 하
는 거지?'

인터뷰를 하는 도중에 자기 주먹에 해골을 그리는 사람이
시인이다. 시란 어쩌면 야수 안에 있는 미녀를 보여주는 것
이다. 마법과 마찬가지로 시는 쉽게 설명하기 힘든 대상이
다. 나는 지금부터 시인과 시에 대하여 최선을 다해 당신에
게 설명할 것이다. 그러나 당신은 지금 내 몸짓과 표정, 그
리고 낄낄대는 웃음소리를 활자로 옮길 수 있는가. 시를 쓴
다는 것은 아주 내적이고 외로운 작업이다. 어떤 의미에서
는 시인의 이미지 자체가 한 편의 시다. 당신은 지금 나를
인터뷰하면서 한 편의 시를 읽고 있는 것이다

내 시에서 가장 중요한 결정은 최종 순간에 내려지며, 그
때 우연은 아주 중요하게 작용한다. 한편으로 나는 어떻게

보면 늘 같은 시를 반복해서 쓰고 또 쓰고 있다. 사람은 다 다르다. 한 개인의 성격은 자신이 지내온 어린 시절의 결과이며, 사람은 의식하든 의식하지 못하든 하나의 아이디어를 반복해서 계속 재탕하며 평생을 보낸다

시를 쓰는 것은 위대한 탐험이다. 시인은 순수하게 개인적인 이유 때문에, 자신을 위한 무언가를 발견하려고 시를 쓴다. 그러니까 시 쓰기란 되도록 소수의 독자를 목표로 해야 하는 시라는 표현 수단을 통해 일어나는 사적인 과정이다. 시가 그 시만의 관점을 가진 흥미로운 감정을 전달하는 한, 기술적인 실수에 대해서는 아무도 불평하지 않는다는 사실이 증명되었다. 지금 이 순간 만약 시를 쓰고 싶은 사람이 있다면 어떻게 하는지 모르더라도 그냥 착수하라. 그러면 알게 된다. 이것이 시를 쓸 수 있는 가장 확실하고 본질적인 방법이다

어느 정도까지는 남의 시를 보면서 시를 배울 수도 있다. 그러나 여기에는 오마주라는 함정에 빠질 위험이 도사리고 있다. 어떤 훌륭한 시인의 시를 읽은 뒤 자기 시에 모방해볼 수 있다. 그러나 순수한 존경심에서 해봐야 효과가 없다. 자기가 갖고 있는 문제에 대한 해결책을 다른 사람의 시에서 찾고, 그 영향이 자기 시에서 살아날 때만 모방은 유용하다. 존경심에서 '빌리는 것'이라면, 해결책을 찾기 위한 의도는

― '훔치는 것'이며 훔치는 것만이 어쩌면 정당하다, 필요하다면 결코 망설이지 말라, 모든 시인은 훔친다

직관과 즉흥에 의한, 돌발 사고라 할 만한 결정 덕분에 시는 마법으로 가득해진다

사실 나는 시를 쓸 때 어떤 구절을 쓰는지 신경쓰지 않을 때가 많다, 계속 음악만 듣는다, 가령 내가 좋은 시인이라면 분명히 괜찮은 구절들을 제대로 써넬 것이 틀림없기 때문이다, 그래서 나는 분위기에 맞는 음악을 들으며 시를 그 음악에 매치시키는 데 더 집중한다

내가 시에 음악을 사용하든 그렇지 않든 원래의 음악은 여전히 거기에 있다, 유령처럼 보이지 않고 들리지 않지만 음악의 존재는 신을 살아 움직이게 만든다, 그게 어쩌면 시다

시의 독창성이란 허상이다, 시는 경전이 아니다, 시인은 누구나 자기 한계를 갖고 있다, 시를 쓸 때 나는 아무것도 통제하지 않는다

지금 나를 인터뷰하는 인터뷰어는 로랑 티라르일 수도 나 자신일 수도 있으며, 지금 내가 하는 말들은 나의 말일 수도 있고 로랑 티라르의 인터뷰에 응했던 사람들의 말일 수

도 있다. 인터뷰어와 인터뷰이는 사실 이 세상의 모든 사람들이다. 그런데 그게 뭐 어떻다는 말인가. 페드로 알모도바르의 영화 제목을 빌려 말하자면, "내가 뭘 잘못했길래?"

— 지금, 당신이 있는 이곳은 어디인 것 같은가?

나는 다시 질문을 했다. 그는 허공을 바라보고 있었다. 저녁 식사를 하지 않은 나의 창자 속에서는 말 울음소리가 났고 가끔은 시냇물 흘러가는 소리도 났다. 그는 담배를 피워물면서 말했다

바람이 분다. 톨 강은 마치 지렁이처럼 이 오랜 유목 민족의 허리를 휘감고 하늘로 날아오를 듯하다. 갈대며 몽골산 작은 수변 식물들이 천막처럼 펄럭인다. 여기는 울란바토르다

나는 칭기즈 칸과 눈을 맞춘다. 반월도처럼 찢어진 그의 두 눈이 톨 강에서 첨벙거리며 놀고 있는 몽골의 아이들을 바라보고 있다

페르소나. 나는 무한한 시간의 페르소나를 생각하며 바람 부는 톨 강가에 서 있다

페르소나, 매그놀리아, 멜랑콜리아, 몽골리아

바람이 분다, 여기는 울란바토르의 톨 강가다, 톨 강으로
부터 바람이 불어온다, 그 바람은 시라무런 초원을 거쳐 나
의 내면으로 불어올 것이다, 나는 그런 순간을 시라고 부른
다, 나의 시가 말을 타고 타박타박 별빛 쏟아지는 초원의 내
면을 횡단하고 있다

아니 여기는 몽마르트르 언덕의 바람 부는 저녁이다

— 평소 자주 만나는 친구들에 대해서 좀 이야기해달라,
그리고 당신은 자신이 언제 시인이라고 느끼는가?

시인의 이름은 모두 다르며 모든 시인의 이름은 결국 하
나다

가령 인터뷰를 하고 있는 지금 이 순간에도 보이지는 않
지만 당신과 나 사이로 천사가 지나간다

가스통 바슐라르, 갓산 카나파니, 닉 케이브, 닐 영, 라시
드 누그마노프, 마르셀 뒤샹, 미셸 우엘르베끄, 밥 딜런, 밥
말리, 백석, 블라디미르 마야콥스키, 빅또르 초이, 아녜스
자우이, 악탄 압디칼리코프, 앤디 워홀, 에밀 쿠스트리차,

장뤽 고다르, 조르주 페렉, 지아장커, 짐 자무시, 체 게바라,
칼 마르크스, 톰 웨이츠, 트리스탕 차라, 파스칼 키냐르, 페
르난두 페소아, 프랑수아즈 아르디, 프랑수아 트뤼포, 피에
르 르베르디

　그러니까 최대의 고통은 사랑을 전제로 한다, 마찬가지
로 최고의 사랑은 고통을 전제로 한다, 같은 감정의 다른 이
름인 것이다, 아니 모든 감정은 하나의 이름으로부터 온다

　이지도르 뤼시앵 뒤카스, 로트레아몽, 아르튀르 랭보, 폴
베를렌, 로맹 가리, 에밀 아자르, 진 세버그, 장 필립 투생,
장 주네, 장 콕토, 르네 샤르, 앙리 프레데릭 블랑, 파트릭
모디아노, 마르그리트 뒤라스, 오노레 드 발자크, 제라르 드
네르발, 스테판 말라르메, 폴 발레리, 폴 클로델, 세르주 갱
스부르, 제인 버킨, 양조위, 유가령, 라이너 마리아 릴케, 프
리드리히 니체, 루 살로메, 프레데릭 파작, 장고 라인하르
트, 막심 고리키

　앞에서도 말했듯이 시를 쓰는 사람들은 모두 전직 천사이
다, 흰 셔츠를 입은 날에는 내가 전직 천사라는 걸 느낀다,
감각이 호롱불처럼 밝게 돋아나는 날에는 인간의 마을로 내
려가 한잔의 술을 마시기도 한다, 하루 종일 비가 내리는 날
에는 난롯불 곁에서 인간의 체온을 느껴보기도 한다, 전직

천사가 고독을 느끼는 것은 누군가를 사랑하기 때문이다. 아무것도 그리운 것이 떠오르지 않는 날에는 물끄러미 담장에 매달린 담쟁이를 보기도 한다. 담쟁이의 줄을 타고 흐르는 허공의 눈물을 바라보다가 내 눈가를 슬며시 만져보기도 한다. 눈물이 마른 눈동자의 사막 속으로는 지평선을 따라 한 무리의 대상이 흘러가기도 한다. 누군가는 문을 열고 들어오고 누군가는 또 문을 닫고 나간다. 흰 셔츠를 입은 날에는 내가 전직 천사라는 걸 느낀다. 나는 담배를 피워 물고 담배 연기처럼 고요히 허공에 있다

니코스 카잔차키스, 알베르 카뮈, 사무엘 베케트, 르 클레지오, 리처드 브라우티건, 호르헤 루이스 보르헤스, 베르톨트 브레히트, 가브리엘 가르시아 마르케스, 잭 케루악, 윌리엄 버로스, 미셸 투르니에, 아고타 크리스토프, 크리스토프 바타유, 외젠 이오네스코, 밀란 쿤데라, 이탈로 칼비노, 커트 보네거트, 레이먼드 카버, 마크 챈들러, 존 치버, 다카하시 겐이치로, 야마다 에이미, 무라카미 하루키, 무라카미 류, 루쉰, 나쓰메 소세키, 미시마 유키오, 루이스 세풀베다, 프란츠 카프카, 알랭 로브그리예, 드리외라로셀, 로베르트 무질

몰리에르, 장 바티스트 포클랭, 로랑 티라르, 로맹 뒤리스, 앙토냉 아르토

시인들은 작은 다락방에서 담배를 피워 물고 거대한 대륙을 횡단한다

옥타비오 파스, 세사르 바예호, 앨런 긴스버그, 잉게보르크 바하만, 포루그 파로흐자드

바람이 우리를 데려다주리라

그대가 꿈꿀 때마다 불어오는 세계의 숨결, 그대와 나는 이미 세계의 가장 충분한 심장이다

검은 태양 아래서 나는 눈을 감고 숭고하고 영원한 행성을 꿈꾼다

기 드보르, 롤랑 바르트, 귀스타브 쿠르베, 오스카 와일드, 리처드 롱, 지그문트 프로이트, 카를 구스타프 융, 로베르 브레송, 생 존 페르스, 하인리히 뵐, 헤르만 헤세, 볼프강 보르헤르트, 에드워드 사이드, 테오도르 아도르노, 프리드리히 헤겔, 홍상수, 콩스탕탱 브랑쿠시, 빈센트 반 고흐, 폴 고갱, 댄 플레빈, 존 레논, 조지 해리슨, 짐 모리슨, 루 리드, 백남준, 미셸 폴나레프, 파스칼 브뤼크네르, 미겔 데 우나무노, 구스 반 산트, 존 케이지, 존 카사베츠, 카지

— 미르 말레비치

  가령 이런 행성들도 있다

  갈산 치낙, 다자이 오사무, 모리스 블랑쇼, 바흐만 고바
디, 베르나르-마리 콜테스, 베르나르 앙리 레비, 뱅크시, 아
벨 페라라, 알랭 바디우, 유디트 헤르만, 율리 체, 장드파,
장 뤽 낭시, 조르주 무스타키, 줄리아 크리스테바, 체사레
파베세, 카렐 차페크, 트리스트럼 헌트, 페르디낭 드 소쉬
르, 페터 한트케, 페터 회, 프랜시스 윈, 프리드리히 엥겔스,
피에르 파올로 파솔리니, 필립 솔레르스, 헨리 데이비드 소
로, 걷기 위해 만들어진 섬, 박쨍:대

  시는 밝힐 수 없는 공동체를 전제로 씌어진다

  앙리 미쇼, 에른스트 얀들, 프리데리케 마이뢰커, 호치민

  시는 밝힐 수 없는 공동체를 전제로 씌어지고 밝힐 수 없
는 공동체에 의해 소비된다. 이러한 은밀한 유통 구조의 바
탕에는 밝힐 수 없는 사랑과 영혼의 연대가 자리잡고 있다

  비스와바 쉼보르스카, 아이칭, 알렉산드르 블로크, 안나
아흐마토바, 세르게이 예세닌, 보리스 파스테르나크, 예브

_

056

게니 옙투센코, 안드레이 보즈네센스키, 요세프 브로드스
키, 샤를 피에르 보들레르, 파블로 네루다, 에즈라 파운드,
토마스 스턴스 엘리엇, 라이너 쿤체, 빈센트 밀레이, 실비
아 플라스, 테드 휴스, 엔첸스베르거, 프랑시스 퐁주, 로버
트 단턴, 존 던, 폴 엘뤼아르, 필립 자코테, 쥘 쉬페르비엘,
자크 플레베르, 수전 손택, 허버트 마르쿠제, 요한 하위징
아, 이브 본느프와, 요르단 욥코프, 알도 레오폴드, 이사도
라 던컨, 에드워드 호퍼, 이자벨 밀레, 막스 피카르트, 글렌
굴드, 버지니아 울프, 크리스토프 메켈, 데이비드 허버트 로
렌스, 베르나르 올리비에, 파스칼 메르시어, 시라노 드베르
주라크, 마르키 드 사드, 파트리크 쥐스킨트, 볼프 본드라체
크, 아르토 파실린나, 빔 벤더스, 왕가위, 이하, 리산, 앙리
보스코, 찰스 부코스키, 이브라힘 페레, 후고 발, 재니스 조
플린, 빅토르 스토이치타, 그웨나엘 오브리, 로버트 엠 피어
시그, 팀 버튼, 조니 뎁, 오마르 하이얌, 나탈리 사로트, 리
브카 갈첸, 크리스티나 페리 로시, 가르시아 로르카, 테오도
르 모노, 크리스틴 오르방, 로제 그르니에, 크리스티안 바
로슈, 블레즈 상드라르스, 장 지오노, 로제 니미에, 마르그
리트 유르스나르, 파스칼 자르댕, 뱅상 들라크루아, 우디 앨
런, 데이비드 린치, 에마뉘엘 레비나스, 마리 다리외세크,
윌리엄 블레이크, 벨라 타르, 커트 코베인

  소위 불온한 시들은 혁명적 유머로 이루어진다

이자벨 위페르, 오기가미 나오코, 최민식, 필립 자코메티, 존 리 앤더슨, 고레에다 히로카즈, 아지즈 네신, 장 미셸 바스키아, 키스 헤링, 안토니오 가우디, 파블로 네루다, 이태석, 레너드 코헨, 말릭 벤젤룰, 시스토 로드리게즈

그리고 혁명적 유머로 이루어진 시들은 혁명시 해방구 파미르번지에서 날마다 번지점프를 꿈꾼다

가령 유령씨, 갓산 약령시, 고도 아말피, 서청 포 슈가리스맨, 진부 움직씨, 존 카츠베크, 파올로 그로쏘, 그로쏘 오노, 세잔 포르투, 프로방스 체, 라벤더 버튼, 팀광석, 예미 쿠스트리차, 기 코르도바, 클라라 말리, 뱅뱅 구락부, 무나 감자 하루치, 조르주 무사시노, 갱스부르 송, 자우이 취향, 고독 말리, 빅토르 차라, 트리스탕 하라, 몰리에르 드 아무르, 해프닝 장만옥, 카바레 볼테르, 게 체바라

가령 이들과는 다르게 사는 것 혹은 이들과 같은 것을 꿈꾸는 것, 그것이 나에게는 어쩌면 시인으로 산다는 것을 의미한다

흰 셔츠를 입은 날에는 날개를 펄럭이며 시를 쓴다

나의 시는 무한의 허공에 있다

　사실 그는 '난 더이상 아무런 할말이 없어!' 속으로 그렇게 되뇌는 것 같았다. 그는 나와 함께 벌써 몇 잔째 커피를 마시고 있었지만 빨리 그의 아파트로 돌아가고 싶어하는 것 같았다. 고적한 아파트 소파에 묻혀 그가 좋아하는 맥주를 마시고 싶어하는 듯했다. 그리고 어쩌면 '천사'를 만날 시간이 다가오고 있었기 때문이었을 것이다. 그의 마음은 그의 아파트로 달려가고 싶어 말발굽 소리를 내고 있었다

　— 마지막으로 이 인터뷰를 읽고 있을 독자들에게 하고 싶은 말은 무엇인가?

　파르동 호치민, 파르동, 파르동 박정대

　인터뷰를 마치고 일어나려니 문득 그의 얼굴에 미안한 표정이 스치는 것이 보였다. 그래서인지 그는 나의 이름을 묻고 자신이 최근에 한 작업이라며 '그러니 눈발이여, 지금 이 거리로 착륙해오는 차갑고도 뜨거운 불멸의 반가사유여, 그대들은 부디 아름다운 시절에 살기를'이라는 긴 제목이 붙은 포스터에 사인을 해서 나에게 주었다. 그리고 나에게 맥주라도 한잔할 거냐고 물어왔다. 뱃속에서는 여전히 말 울음소리와 시냇물 흘러가는 소리가 들려왔지만 나는 좋다고

말했다, 카페를 나와 그는 나를 데리고 생제르맹데프레 거리로 나섰다, 카페 드 플뢰르와 카페 레 되 마고를 지나 그가 나를 데려간 곳은 '코케인'이라는 곳이었다, '코케인'에서는 톰 웨이츠의 노래가 흘러나오고 있었다, 창가에는 수염이 덥수룩하게 자란 에밀 쿠스트리차가 혼자 앉아서 술을 마시고 있었고 팀 버튼은 바 앞의 탁자에 앉아 그의 여자친구와 장난을 치며 떠들고 있었다, 우리가 자리를 잡고 앉았을 때 그가 나에게 물었다

— 뭐 드시겠소?

나는 그를 쳐다보며 대답했다

— 박정대 시인, 당신하고 같은 거요!

사실 나는 '목화밭의 고독 속에서'를 마시고 싶었다, 그러나 말하지 않았다, 톰 웨이츠가 굵은 저음으로 노래하고 있었다, 밤이었다

삶이라는 직업은 센티멘털하다

나는 애정 공산주의자는 아니지만 사방에 편재한 사랑을 볼 때마다 갸륵한 인류애에 사로잡힌다

"에메랄드와 다이아몬드는 함께 잠들 수는 있지만 아침이면 에메랄드는 에메랄드로 다이아몬드는 다이아몬드로 깨어나야 한다"는 애정 공산주의의 수칙에 공감하면서도 거기에서 더 나아가 콜로이드 소노르Colloides sonores, 즉 교착적 음향의 사랑을 꿈꾸는 나는 어쩌면 애정 라이프니츠주의자에 가깝다

타자(他者)에 대한 영원한 동경 때문에 나는 삶이라는 직업을 선택했는지도 모른다

고독과 분별 때문에 나는 존재한다

*

오지의 행성에서 오지 않는 신비를 기다리는 늑대 사냥꾼처럼 나는 푸른 눈동자를 가진 한 마리 시를 기다리며 밤과 새벽의 영토를 기꺼이 고독과 침묵에게 내어줄 것이다

밤새 함박눈이 쏟아지려나보다

영혼의 동지들이여 단결하자(어떻게? 아무튼!)

창가에 올려놓은 맨발의 반가사유상, 체 게바라 라이터,
담배 한 대, 고독은 실제적인 것이다

*

　의기양양(계속 걷기 위한 삼중주), 이 시는 대부분 뒷부
분부터 썩어졌다

*

　양양 멀지도 가깝지도 않은 양양 예전에는 차를 타고 밤
에 많이 지나가기도 했지 멀지도 가깝지도 않은 양양 공항
이 있다는 이야기를 들었는데 비행기는 여전히 뜨고 내리는
지 영화〈강원도의 힘〉에도 잠깐 나왔던가 멀지도 가깝지도
않은 양양 대포항에서 가까운 양양 정선에서도 가까운 양
양 그러나 서울에서는 멀지도 가깝지도 않은 양양 어느 날
인가 밝은 대낮에 양양을 지나다 바람에 흔들리는 갈대를
보며 갈대밭 너머 어디쯤 살고 싶다는 생각을 하기도 했지

*

　초속 5센티미터로 벚꽃이 떨어진다면 저 벚꽃처럼 떨어지
고 있는 별들이 나에게 당도하는 시간은 언제쯤일까

벚꽃에도 떨어지는 속도가 있다면 지금 내가 추락하고 있
는 속도는 대략 초속 0.00000823센티미터

　이것은 중력의 문제, 벚꽃보다는 느리고 별들보다는 빠
른 사라짐의 문제

*

　아무르, 아무르, 말이 달리고 있다 의기양양 빛나는 태양
의 시간 여기는 시의 대낮 시가 무엇인지 아는 시인은 거
의 없다 눈먼 갈기를 휘날리며 전력 질주하는 말이 있을 뿐
이다 말이 달려가 당도할 시의 영토에 함께 도착하는 시인
은 거의 없다

　그게 시인이다

*

　시인 김정환은 28서울하노이전인대에 참석하지 않았다

　밤늦게 몇 명의 시인이 28서울하노이전인대에 참석하기
위하여 코케인으로 몰려들었다, 알고 보니 시인 김정환이

'28서울하노이전인대'였다

  28서울하노이전인대에서 내가 한 말은 속기록에서 삭제
되었다

  열여덟, 망촛 같은 별들이 빛나는 밤이었다

                              *

  양양이라는 말로 시작되어 양양이라는 말로 끝나는 시를
쓰고 싶었지 멀지도 가깝지도 않은 양양 비행기를 타고 양
양에 가고 싶었는데 비행기는 여전히 뜨고 내리는지 삶에
지친 날에는 양양 갈대밭에 드러누워 의기양양 바람 소리
듣고 싶었는데 바람은 이미 양양을 다 지나가고 남대천 물
고기들을 어디에 다 숨겼는지 물고기 가녀린 숨결에 돛을
달고 머언 바다로 나가고 싶었는데 아무리 생각해도 아무리
나아가도 바다는 없네 멀지도 가깝지도 않은 바다 멀리에도
가까이에도 없는 바다

                              *

  푸른 외투, 푸른 외투를 걸친 밤하늘, 참을 수 없는 외투의
가벼움으로 펑펑펑 쏟아지는 눈발 같은 별빛

이곳에서는 오직 프록코트를 입은 이들만이 살아남는다

*

 시가 이 세상의 공기를 바꾼다 시인들이 필사적으로 시를
쓰는 이유다 모든 혁명은 시로부터 온다고 사람들은 말하지
만 그 말에서 안장 같은 '혁명'은 빼고 말하겠다

 단언컨대 모든 것은 시로부터 온다

*

 아무리 시를 써도 세상의 공기가 달라지지 않는다

 나는 이 세상의 냄새가 여전히 역겹다

 역병처럼 창궐하는 햇살 아래서 도무지 몸을 숨길 곳이
없다

 아이들이 웃는다, 다들 미쳤다

 고독 같은 건 이미 서랍 속에 넣어두었다

─

어, 떻, 게, 살, 것, 인, 가

칼과 프리드리히는 저녁마다 골목의 술집들을 순례하며
행복했을까

(아마 행복했을 거야 미친 듯이 조롱할 수 있는 세상이 있
었으니까 함께 술 마시고 함께 떠들 수 있는 친구가 있었
으니까)

프리드리히 엥겔스는 칼 맑스의 친구, 칼 마르크스는 프
리드리히 엥겔스의 친구

어린 시절의 동무들을 생각하는 밤이다

프리드리히라는 이름의 칼이 있다면 나는 그 칼로 단숨에
이 세계를 베어버리겠다

창가에 놓여 있는 작은 화분들, 작은 행성들

하나의 행성이 몰락하고 또 하나의 행성이 시작될 때 우
리는 어디로 이주해야 하는가

─

*

　죽는다는 건 다시 영원한 꿈을 꾸기 시작하는 것 나는 단지 나의 삶일 뿐만 아니라 나의 무(無)이기도 하며 별들의 형제이기도 하다 나를 이루는 소립자는 가장 멀리 있는 세계의 소립자와 똑같으니까

　이것은 이합과 집산의 문제

*

　양양, 사무엘 베케트를 다시 읽고 있어, 고도를 기다리고 있진 않아, 아니 어쩌면 간절히 고도를 기다리고 있는지도 몰라(내가 고도거든!)

　빵을 사러 가야 하는데 사무엘 베케트 멀지도 가깝지도 않은 파리바게트 팥소가 듬뿍 든 빵을 먹고 싶은데 혈당 수치가 너무 높아 멀지도 가깝지도 않은 죽음 의사는 모든 음료수의 섭취를 금지했지

　멀지도 가깝지도 않은 양양, 양양에 가면 이 세상의 모든 액체를 다시 마실 수 있을까, 이 세상의 모든 액체를 마시고 너와 함께 기화될 수 있을까, 한 점 구름 되어 아주 멀리

─ 날아갈 수 있을까

  멀지도 가깝지도 않은 먼 곳

                              *

  명명할 수 없는 것들

  시에 붙이는 제목은 무슨 의미가 있는가, 몸통에 달라붙
는 이름은 무슨 의미가 있는가

  가령 나는 이 시에 아무르라는 제목을 붙일 수 있다, 그렇
다고 이 시가 무엇이 달라지겠는가

  단언컨대 아름다움이란 자발적이다

  게랑드는 무엇인가, 일설에 의하면 소금 생산지라는 소
문이 있지만 게랑드가 무엇이든 내가 잠들어 있을 때 게랑
드는 왔다

  카마르그 습지를 생각하면 철새들이 날고 갈기를 휘날리
며 달리는 말이 보이고 염전을 일구는 인간의 노동이 보인다

─

히말라야는 눈이 내리는 곳

눈표범은 히말라야의 목걸이

히말라야의 목걸이를 목에 걸고 오늘도 나는 히말라야를
걷는다 의기양양 (계속)

말갈이나 숙신의 언어로 비가 내리고 있었다

횡단을 위한 주파수

그는 검지로 탁, 탁, 탁, 탁자를 쳤다 오후였다
탁자에는 침묵이 한 컵 놓여 있었고
음악은 책갈피 사이에 소리의 그림자처럼 웅크리고 있다가
페이지를 넘길 때마다 놀란 세계처럼 오후의 언덕을 넘
어갔다
후두둑 후두둑 말발굽 소리를 내며
아카시아 꽃잎들이 떨어졌다
언어로 서술되는 모든 과거는 현재다
끊임없는 현재가 횡단을 위한 주파수를 결정한다
머리카락은 오후에도 자랐고
바닷속 깊은 곳에서도 태양은 빛났다
여름이었는데 눈이 내리고 있었고
또 누군가 그런 풍경 속에서
끊임없이 자신의 말을 찾고 있었다
말을 타야지만 광활한 오후를 횡단할 수 있는가?
한 컵의 침묵을 마시고
그는 여전히 과거형으로 시를 쓰고 있었다
세계는 그의 피부 곁에 밀집해 있었지만
그는 여전히 내면을 횡단할 주파수를 찾고 있었다
빵을 사러 가야 하는데
빵가게는 멀고
수염은 자라고
한숨은 무겁다

말을 타고 이고르가 온다

로맹 가리가 진을 처음 만났을 때 둘은 아무 말도 하지 않았다. 그때 침묵은 가장 완벽한 사랑의 언어였고 둘은 그 침묵의 말을 온전히 이해했다

사랑이 침묵을 통해서 온다면 말은 사랑의 숨결을 고르는 일

미친 말을 타고 이고르가 온다

미친 말의 관점에서 생각을 하면, 짐 모리슨은 내 막냇동생 같아

잉마르 베르히만의 페르소나를 보면서는 내내 잤어, 너무 피곤했거든

아마 영화관 밖으로는 별들이 뜨고 여름의 뜨거운 바람이 불고

내 꿈속에서 나의 페르소나는 거대한 풀밭 위에 고독의 제국을 만들어가고 있었는데, 풀밭 위에 바람이 불고

이고르와 학의 여행을 보다가 나는 왜 지난겨울 진부 도서관에서 읽었던 이고르 원정기를 생각했을까

그대는 이고르와 학의 여행을 아르고와 학의 여행이라고
했다, 아르고든 라르고든 아무튼 이고르는 어린아이의 이
름, 칼은 아르항겔스크에서 태어난 새끼 학의 이름, 둘은 함
께 여행을 하지

　 칼의 아빠는 존, 칼의 엄마는 요코, 존과 요코는 계절풍을
타고 이동하다 죽고 어린 학 칼만 남겨지지

　 하긴 어쩌면 칼 마르크스와 프리드리히 엥겔스는 인류의
불쌍한 새끼 학들이지

　 불쌍한 새끼 학들, 그런 생각을 하면 짐 모리슨은 내 막
냇동생 같아

　 설국 열차는 여름밤, 잠이 오지 않는 여름밤에 봐야지

　 거대한 태풍이 밀려오면 남궁민수는 인류의 마지막 담배
에 불을 붙이겠지

　 그러면 또 거대한 바람은 인류의 마지막 불꽃을 밤새 연
주하려나

　 바람이 분다, 이고르가 온다

바람이 분다, 이고르가 온다

바람이 불지 않는다, 그래도 이고르는 온다

이고르는 와서 여전히 담배 한 대 꼬나물고 미친 말의 안
장 위에 실을 시를 쓰겠지

그러면 또 누군가 이고르가 누구냐고 나에게 묻겠지

나도 몰라, 너무 피곤해 한 천년 동안 잠들어 있었으니까

미친 말을 타고 이고르가 온다

우아하게 날개를 펄럭이며 날개 달린 칼이 온다

* 누군가는 미친 말이라고 했다, 누군가는 비가 온다고 했다, 로맹
가리와 진이 만나고 존과 요코가 죽어갔다, 송강호는 인류 최후의 담
배에 불을 붙이고 있었지만 이고르는 여전히 담배를 꼬나문 채 말안
장 위에 실을 시를 쓰고 있었다, 누군가는 말이라고 했고 누군가는
시라고 했다, 누군가는 눈이 내릴 것 같다고 했다, 나는 이상하게 피
곤하고, 한 천년을 잤는데도 이상하게 피곤하여 눈을 뜨기가 싫다,
짐 모리슨은 여전히 노래를 부른다, 그런 생각을 하면 칼 마르크스와
프리드리히 엥겔스는 인류의 막냇동생 같다, 미친 말을 타고 이고르
가 오고 있다, 우아하게 날개를 펄럭이며 날개 달린 칼이 오고 있다

파리에서의 모샘치 낚시

지난해 파리의 여름은 유난히 더웠지
모두들 오랑캐처럼
머리를 박박 밀어버리거나
틀어 올려 묶고 다녔지
파리 센 강을 뛰놀던 모샘치
목덜미에 숨겨진 나라를
그때 처음 보았지
센 강의 푸른 물결이거나
대륙 끝에 매달린 호카 곶이거나
바람이 불 때마다 국경선이 바뀌는 모샘치의 나라는
난바다를 향해 깃발처럼 펄럭이고 있었지
내밀한 욕망의 말발굽들이 그 나라를 향해 달렸네
누군가는 성스러운 원정이라 하고
또 누군가는 불가피한 침략이라고 에둘러 말했지만
영원이라는 이름의 깃발을 앞세워
청춘의 이름으로 낚시를 자행했네
나는 사량(思量)처럼 콧수염을 기르고 다녔지
결핍의 주머니 속에서는 몇 푼의 청춘이
서로 부딪치며 짤랑거리고
모샘치의 나라를 생각할 때마다
무럭무럭 콧수염만 자랐지
한 번도 침략해본 적 없는 나라에 대한 그리움이
반월도처럼 자라나 내 심장을 찌를 때

죽을 듯이 아픈 마음은
침략처럼 그 나라에 가닿고 싶었네
콧수염이 닿으면 모샘치는 놀라
기절할 듯 달아나겠지만
이게, 너를 위한 사랑이야
콧수염이 자라는 동안만이 영원이야
혁명 전야처럼 말하고 싶었네
그러나 말하지 못하는 마음은
밤새 말발굽 소리를 내며
모샘치 목덜미에 숨겨진 나라를 향해 달려가지
그렇게 청춘이 시작되어
그렇게 청춘이 지나갔네
그렇게 생각했는데
여전히 콧수염은 자라고
마음은 말발굽 소리를 내며
모샘치에게로 달려가지
가을의 입구에서
낚싯바늘처럼 꺼칠하게 자란 수염을
만지작거리며 생각해보아도
모샘치 목덜미엔
나 아직 꿈꾸는
센 강 좌안의 푸른 물결이 출렁이고 있겠지

남만극장(南蠻劇場)

뭔 이유가 있겠어요 부 데 생, 여름에 쓴 시를 겨울에 발
표해요

여름엔 마음이 춥고 겨울엔 온몸이 추우니 이따위 나라에
서 계절이 무슨 의미가 있겠어요

뭔 이유가 있겠어요 부 데 생, 그냥 어두운 극장에 앉아
⟨For no good reason⟩을 봐요

뭔 이유가 있겠어요 부 데 생, 어두운 극장에 앉아 보았
던 그녀들 이름이 생각나지 않아 그냥 부 데 생이라 불러
봤어요

뭔 이유가 있겠어요 부 데 생, 모든 상상의 이면에는 생각
지도 못한 비밀들이 감춰져 있는걸

장마의 계절에 비를 기다리고 있어요(여름에 쓴 시를 겨
울에 발표하다보니 이런 구절도 나오네요)

마른장마의 계절 그 어디에도 시원한 삶은 보이지 않아요
(겨울에 이 시를 읽으면 등골이 오싹하겠네요)

뭔 이유가 있겠어요 부 데 생, 매일 옷만 갈아입으면 새로

운 세상이 오나요?

  피양피양 차갑게 웃고 있는 태양다방의 박양을 향해 난 이
렇게 말해요(따라해보세요)

  부 자베 졸리 칼송 드 사탱(당신은 새틴으로 된 멋진 팬
츠를 갖고 있군요)
  부 자베 살 콩 드 카탱(당신은 더러운 창녀의 음부를 갖
고 있군요)

  노동하고 싶어도 더이상 노동의 즐거움이 없는 나라에서
분노하고 싶어도 분노의 감정마저 분단된 나라에서

  뭔 이유가 있겠어요 부 데 생, 지금은 함박눈 쏟아지는 폭
설의 계절 아그네스 발차가 발차를 외치지 않아도 기차는
8시에 떠나요

  죽은 자들은 말이 없고 산 자들은 더더구나 침묵하는 이
계절에 무슨 영화를 보겠다고 나는 이런 시나 쓰고 있는 걸
까요(씨양!)

  함박눈 쏟아지는 밤거리를 걸으며 나 홀로 중얼거려요(자,
따라해보세요)

주 크라 켈 상 뒤 부 데 생(그녀가 젖꼭지를 느낀다고 나
는 생각한다)
테 투아 뒤 상 뒤 부 데 생(조용히 해 네가 젖꼭지를 느
낀다)
푸르쿠아 상 투 뒤 부 데 생?(왜 너는 젖꼭지를 느끼니?)
주 부 상티르 뒤 부 데 생(나는 젖꼭지를 느끼고 싶다)

뭔 이유가 있겠어요 부 데 생, 어둡고 추운 남만극장에선
인민들에게 공갈 젖꼭지를 물린 채 그녀가 여전히 천박한
웃음을 팔고 있는데

순결한 그대 이름이 끝내 떠오르지 않아 함박눈 쏟아지는
밤거리를 나 홀로 걸어요

뭔 이유가 있겠어요 부 데 생, 씨양씨양 도요가 울어요

뭔 이유가 있겠어요 부 데 생, 기차는 아무때나 떠나요

뭔 이유가 있겠어요 부 데 생, 일테면 겨울에 쓴 시를 겨
울에 발표한다 한들

* 뭔 이유가 있겠어요 부 데 생 — 부 데 생은 불어로 젖꼭지라는 뜻, 부 데 생이라고 쓰고 나는 자꾸만 부대끼는 생이라 읽어요. 젖꼭지 라는 표현이 외려 따스하게 읽히는 밤, 나는 자꾸만 닐 영의 〈Heart of gold〉나 중얼거려요. 그래요 그러니까 '뭔 이유가 있겠어요 부 데 생'은 '뭔 이유가 있겠어요 젖꼭지'

천사가 지나간다

마치 겨울을 외투처럼 걸친 채 그가 지나갔다

그림자에는 영혼이 없다 태양의 흑점을 밟으며 그가 언덕을 넘어갔다

담배 연기가 무슨 말을 할 수 있겠는가

햇살 밝은 창가에서 여자는 담배 연기의 말을 이해하려 애쓰지만 그 누구도 담배 연기의 말을 듣지 못한다

자정의 태양 아래를 그가 지나갔다

쓴 커피를 마셨는가 밤은 어둡고 쓰다 한때 가수였던 그는 술에 취한 채 소파에서 잠이 들었다

가수의 입장에서 보자면 밤은 그저 달콤한 한바탕의 꿈일 뿐 노래는 세상을 떠돌고 모든 꿈들은 노래를 잊었다

공기의 밀도를 온몸으로 조금씩 밀며 잠든 그가 잠의 겨울 속으로 가고 있다

사랑은 가끔 나뭇잎처럼 자라나 바람이 불 때마다 뭔가를 속삭여주기도 하지만 거센 바람이 불면 떨어질 낙엽에 적

은 사랑의 말들

　누군가 지상에 떨어진 낙엽의 책을 밤새 읽고 있다

　밤새 가수는 잠에서 깨어나지 못하고 밤새 여자는 환한 햇
살의 창가를 떠나지 못한다

　밤에도 밝은 태양이 빛나는 행성에서 담배 연기가 무슨 말
을 할 수 있겠는가

　쓰디쓴 커피가 무슨 사랑을 고백하겠는가

　쓴 커피를 마시고 담배를 피우고 아무런 말도 없이 그는
여자가 있는 계절을 통과해 갔다

　겨울을 마치 외투처럼 걸친 채 그가 지나갔다

체 게바라가 그려진 지포 라이터 관리술

오랫동안 사용하던 체 게바라가 그려진 지포 라이터를 마르세유에 간다는 정이에게 주고 나니 텅 빈 주머니처럼 뭔가 허전하다

체 게바라 만세

만세는 영원하라는 말인데 체는 39세에 볼리비아 산속에서 영원으로 떠났다

누구나 언젠가는 이 지상에서 떠난다

떠난다는 것은 새로운 영역의 구름으로 확장된다는 것

한 세기가 지나가는 것은 구름 하나가 지나가는 것이라고 누군가는 말하지만 한 세기가 지나가기도 전에 구름 하나가 날개를 접고 지상으로 착륙하는 비 내리는 오후다

비 내리는 오후의 처마 끝에서 나는 하늘을 날고 있을 날개 달린 지포 라이터를 생각하며 단 하나의 불꽃만을 상상하였다

전직 천사의 불꽃

체 게바라 만세   —

혁명적 인간

나는 대성당이다, 밤하늘을 나는

불꽃 대성당

체 게바라가 그려진 지포 라이터가 마르세유로 떠나자 체 담배가 나에게로 왔다

저녁이면 세상 끝 다락방에서 창문을 열고 담배를 피운다

밤하늘의 구름은 누군가의 임시 정부

허공에 뜨거운 한숨처럼 떠 있다

담배를 피우고 che라 쓰인 부분을 손톱 끝으로 툭 치면 불꽃은 아름다운 포물선을 그리며 영원의 어둠 속으로 멀어져갈 테지만

지금은 나뭇잎 사이로 초저녁 별들 새순처럼 돋아나는 저녁이다

몇 년 전인가, 유럽을 여행할 때

뮌헨 기차역에서 피우던 체 담배를

국내에서 구했다

　그때는 체 담배가 독일산인 줄 알았는데 지금 자세히 보
니 룩셈부르크산이다

　체 레드 한 보루를 구해 다락방으로 돌아오니 몇 끼의 양
식을 얻은 것처럼 마음이 푼푼하다

　오늘 저녁엔 감자를 삶고 커피를 끓여야겠다

　저녁을 든든하게 먹고 맛있게 체를 피워야겠다

　담배 연기를 내뿜으면 체, 체, 체, 거봐라 소리치며 푸른
담배 연기들은 불꽃의 지령을 타전하기 위해 허공으로 흩
어지겠지만

　히말라야를 넘는 검독수리의 눈빛처럼 나, 밤새 골똘히
어둠이나 쳐다봐야겠다

　어두운 새벽 나는 왜 혁명적 인간이 되었나?

　누군가 라이터를 켜자 어둠에 날개가 돋았다

라이터로 어둠에 불을 붙이면 체는 다시 타오를 것이다

라이터로 불을 켤 때마다 세상의 밤은 오고 밤이 와서 누
군가는 또 세상 끝에서 담배를 피워 물고 상념에 잠기겠지만

세상 끝 다락방을 보며 서교 성당은 생각한다

저것은 밤하늘을 나는, 대성당

불꽃 대성당이다

Only poets left alive

짐 자무시가 말하길, Only lovers left alive

누군가 바꿔 말하길, 오직 사랑하는 이들만이 살아남는다

전직 천사가 덧붙이길, 시란 시인이 오역한, 오열한 이 세
계다

— 음, 그렇군!

고개를 끄덕이며 한 방울 두 방울 알타이 산맥을 넘어온
빗방울들 후두둑 후두둑 말발굽 소리를 내며 처마 끝으로
듣는 저녁이다

그때 나는 여리고성에 있었다

너는 고린도 전서를 빠져나와 고린도 후서로 들어갔다

그때 나는 여리고성에 있었다

말들은 말발굽에 의지하거나 허공을 지나 겨우 내면의 저녁에 당도하고 있었고 날개 달린 짐승들은 창공의 길을 걸어 나뭇잎 속으로 숨어들었다

용맹하게 약진하는 별빛들을 전사하거나 거대하게 펼쳐진 세계의 바람 쪽을 읽으며 돌멩이들은 조금씩 구르고 있었다

저녁이 되면서 별빛 아래로 빗방울들이 쏟아졌다

빗방울 속에 신이 있다, 고린도 후서의 창문을 열고 너는 고백처럼 중얼거렸다

그때 나는 여리고성에 있었다

세상의 모든 폐허를 완성하려는 듯 빗방울 사이로 별빛들이 빛났다

나뭇잎 속으로 날아간 날개 달린 짐승들의 저녁은 어디에

서부터 점화되는 걸까 어두워지는 저녁의 발화점은 짐승들
의 깊디깊은 내면으로부터 피어오르고 있었다

　말갈이나 숙신의 언어로 비가 내리고 있었다

　사랑이라는 것은 어디에도 없었다

　다만 허공에서 떨어져 피부에 와 닿는 신의 입김이 너무
차갑다고 느꼈을 뿐이다 누군가 밝혀놓은 따스한 불빛 속
으로 말들이 말발굽 소리도 없이 모여들고 있었을 뿐이다

　고립은 저녁의 탁자 앞에 앉아 내면의 창밖으로 차갑게 떨
어지는 신의 육체를 물끄러미 바라보고 있었다

　다만 차가운 침묵이 잉크를 묻혀 고요한 밤에게 조용히 음
악을 들려주고 있었다

　너는 그때 하나의 음악을 빠져나와 또다른 음악에게로 스
며들고 있었다

　그리고 그때 나는 여리고성에 있었다

고독이 무릎처럼 내 앞에 쭈그리고 앉았다

콧수염 러프 컷 동맹

　　언더그라운드에서의 일이다 우리는 콧수염을 대충 잘라
서로의 얼굴에 붙여주며 콧수염 러프 컷 동맹을 결성했다
서로의 얼굴을 바라보며 웃었다 대충 이어붙인 콧수염을 단
얼굴은 아름다웠다 그것은 한 편의 엉성한 필름 같기도 했
고 동맹이라고 부르기엔 너무 허술했지만 추억을 환기시키
는 몽타주였다 외래어를 남발하는 시는 어디서 외래한 걸까
누군가 물었지만 아무리 외래어로 낄낄거려도 내면에 만발
한 상처는 쉽게 감추어지지 않았다 언더그라운드 밖으로는
정신없이 계절이 순환하고 있었지만 우리는 옥도정기처럼
붉은 카펫이 깔린 계단을 내려와 내면의 문을 열고 다시 바
깥의 계절을 닫았다 밤의 탁자에 앉아 출렁이는 한잔의 술
을 마셨다 겨울이 젖은 날개를 퍼덕이며 어느새 심장 곁에
당도해 있었다 언더그라운드에서의 일이다

　*　러프 컷Rough cut ― 편집하기 전에 대충 이어붙인 필름

인터내셔널 포에트리 급진 오랑캐 밴드

인터내셔널 포에트리 급진 오랑캐 밴드가 가을 콘서트 리
허설을 한다 나는 담배 한 대 피우고 싶은 걸 참고 드럼을
두드리며 심장에 대해 노래한다 심장은 어디에 있는가 가을
이 왔는데 온 가을은 창문 밖에 당도했을 뿐 낙엽 같은 심장
을 두드리며 나는 노래할 뿐이다 새로운 시를 쓰고 싶은데
시를 쓰는 법을 잊었으므로 드럼을 치며 심장에 대하여 노
래한다 다시 한번 묻는다 심장은 어디에 있는가 가을은 창
문 밖으로 왔는데 창문 밖에 당도한 가을을 느낄 수 없어서
다시 묻는다 심장은 어디에 있는가 무언가에 대해 쓰고 싶
은데 지금 내가 쓰는 단어들에는 천사들이 살지 않는다 그
러므로 나는 아주 환한 대낮에 어두운 심장의 내면을 바라
보며 노래한다 나는 시인이 아니다 심장의 드럼을 하염없이
두드리는 일테면 오늘은 인터내셔널 포에트리 급진 오랑캐
밴드의 드러머, 내일은 보컬, 모레는 댄서

인터내셔널 포에트리 급진 오랑캐 밴드 실황 공연

일시 2046년 11월 44일 저녁 7시
장소 Cocaine
보컬 파올로 그로쏘
기타 갱스부르 송
댄스 라프 단스 두 서머
드럼 장드파

몇 개의 음향으로 이루어진 시

한밤중에 내리는 눈은 허공을 떠도는 수만 마리의 음향

바람이 불 때마다 온몸으로 흔들리는 생의 상처들

사랑은 말할 나위도 없고 눈발은 늘 바람보다 먼저 온다

한겨울 밤 누군가 다락방의 창문을 열고 담배를 피우며 중얼거린다 음, 빌어먹을 짐승들!

무한의 침묵이 늘 나를 두렵게 하지만 떨어져내리는 눈발 속으로 담배 연기를 흘려보내며 한줄기 눈물의 반짝임을 본다

흠 없는 영혼은 없다

영혼이란 나선성운과 소립자 사이에나 겨우 존재하는 것

그러니 말할 수 없는 것에 대해서는 침묵해야 한다

그러나 침묵을 강요하는 것에 대해서는 끝까지 말해야 한다

무한의 침묵에 속수무책으로 침략당하는 밤

무엇이 삶을 끌고 가는가

그것은 슬픔, 말로는 표현할 수 없는 슬픔, 함박눈으로 쏟아져내리는 슬픔, 트리스탕 차라의 글을 소리내어 읽고 있는 여기는 눈 내리는 백야의 행성

가령 여기는 삶

가면의 생, 빌려왔거나 만들어낸 정체성, 최소한의 유희, 자신을 보여주면서 감추고 또 감추면서 자신을 드러내는 것, 보이지 않는 그늘로 사라지는 것 혹은 결국은 같은 말이지만 빛 속에서 빛 속으로 사라지는 것, 스스로를 보이지 않게 하는 것

숫처녀와 씹하듯 모든 게 효력 있다고?

미쇼여, 숫처녀와 뭘 하는 밤조차도 이상하게 슬퍼지는 실연의 술책, 드러내놓고 공격하라고 명령하지만 항상 숨어서 승리자가 되라고 명령하는 중국식 전략 전술

결국 움직여야 한다

나쁜 습기들이 떼 지어 공격하는 밤, 몸을 낮추고, 몸을

― 움츠리고, 구멍 속으로 기어들어가 슬픈 붙박이가 되어야
한다

　최대한 움직이며 뜨거운 태양과 나쁜 습기들 사이에서 최
대한 거리를 두고 옆으로 앞으로 뒤로 전략상의 후퇴 기습
공격 포위 작전 반격 혹은 교란과 탈주

　시는 내가 태어나기 이전에 이미 씌어졌고 그것도 영원히
씌어졌으며 나는 그저 시를 발견할 뿐이다

　그러니 이렇게 중얼거릴밖에

　오 영원한 현재여,

　함박눈 펑펑 흩날리는 애꾸눈의 밤이여

　무엇을 해야 하나(결국 무엇을 하지 말아야 하나)

　별은 허공에 얼어붙은 새

　새들은 말할 나위도 없고, 영원한 현재!

　빌어먹을 사랑은 움직임처럼 단지 눈앞에 있다

―

자유

카자흐스탄에서는 말을 타고 검독수리로 사냥하는 사람을 자유라 부른다지

카자흐스탄의 언어적 관점으로 보면 나는 자유

나는 말을 타고 다니며 검독수리 타법으로 내가 원하는 모든 것들을 사냥하지 그러니까 나는 자유

만인을 위해 내가 싸울 때 나는 자유라고 김남주는 시에 썼고 안치환은 그걸 노래로 불렀지 윤도현이 부르는 자유라는 노래도 있지

그러니까 모든 사람의 자유는 다른 자유

카자흐스탄의 자유는 카자흐스탄의 자유

빅또르 쪼이의 자유는 빅또르 쪼이의 자유

호치민의 자유는 호치민의 자유

그게 누구든 그게 무엇이든 자유를 노래하는 건 그들의 자유

— 　스스로 꿈꾸고 스스로 노래하는 자유는 만인의 의무

　카자흐스탄에서는 말을 타고 검독수리로 사냥하는 사람을 자유라 부른다지

　내가 꿈꾸는 시인의 나라에서는 말을 타고 다니며 검독수리 타법으로 글을 쓰는 사람을 자유라 하지

　그것이 나의 자유

—

잠의 제국에서 바라보나니

잠의 제국에서 바라보나니,

로시니 혹은 누가 누구와 잤는가 하는 잔인한 문제라는
제목의 책도 있지만 함양 상림의 나무들에겐 결사의 자유
가 있다

나는 런던과 리스본에서
바르셀로나와 파리에서
프라하와 부다페스트에서
네덜란드와 독일과 그리스로 날아가던
1만 미터 상공의 비행기 안에서
그대와 잤다

나에겐 결사의 자유가 있다

결사적으로 나는 자유다

오, 박정대

2006년 프라하 어느 옛집 담벼락을 배경으로 찍은 사진에는 꽁지머릴 묶고 용이 새겨진 목걸이를 하고 푸른색 후드 티를 걸친 그대가 있다

2007년 『사랑과 열병의 화학적 근원』 표지 안쪽 날개에 그대는 잠시 모습을 보인다

ⓒ 리산

누구나 그러하듯 또는 누군가는 그러하지 아니하듯 『미국에서의 송어낚시』와 『워터멜론슈가에서』를 쓴 리처드 브라우티건은 자신의 관자놀이에 총알을 박아 넣었다 그래서 죽었다

프라하 카를 다리 아래로는 여전히 강물이 흐르고 밤이
면 프라하 고성 외딴방을 빠져나와 술을 마시고 미친듯이
카를 다리 아래로 흐르는 밤 강물을 응시하는 사내가 있었
다 그도 죽었다

바이킹의 후예인 어떤 시인은 매일 커피 스푼으로 삶의 허
무를 쟀다고 했지만 삶이라는 게 고작 불어터진 국수 면발
이나 걱정해야 하는 거라면 이런 삶은 폐기하고 하루빨리
다음 생애, 다음 정부로 가자

아들아, 콧수염이 그려진 가면을 쓴 사람이 주인공으로
나오는 영화가 있단다, 좋은 시절을 만나려면 그 영화를 한
번쯤 보도록 해라

영화를 전공하겠다는 아들아, 너는 또 수많은 영화를 보
겠지만, 책에 봐라[체 게바라], 다 나온단다

틈나는 대로 시를 읽어라, 시인의 목소리에 귀를 기울여라

복사씨와 살구씨를 탐구하거라

그 속엔 시가 있고 무엇보다 삶이 있단다

시 속엔 네가 꿈꾸는 사랑이 있을 게다

복사씨와 살구씨 속에 있는 우주 끝에서 우리 언젠가 다시 만나겠지만 『사랑과 열병의 화학적 근원』이라는 단 한 권의 시집을 남기고 그대는 홀연히 이 지상에서 사라졌구나

사라진 사람만이 그리워지는 이상한 시대에 우리는 살고 있구나

삶을 꿈으로 바꾸는 시인이 사라져버린 곳에 우리는 살고 있구나

(오, 빛나거나 미치거나)

나 언제나 그대가 그리워

옛 사진 한 장 물끄러미 바라보다 보고 싶은 마음이 말발굽 소리 깃발처럼 휘날리며 그대에게로 달려가느니

그대는 부디 총총 살아 있으라

오, 박정대

* 아, 박정대라는 시를 쓴 적이 있다. 얼기설기 엮어 만든 나무 말안
장 같은 시. 뒤뚱거리지만 어쩌랴. 뒤뚱거리는 말에 올라타 오랑캐
들 총총 모여 사는 무천(武川), 남만(南蠻), 프라하 같은 곳에 가닿
고 싶은 오후다. 그곳 양지바른 곳에 쭈그리고 앉아 담배나 한 대 말
아 피우고 싶은 봄날 오후다

닐 영은 말해보시오

닐 영은 말해보시오 당신네 밴드 미친 말이 추구하는 음악은 도대체 무엇이오 그는 나뭇잎처럼 껄껄 웃었다 노오란 은행잎들이 말발굽처럼 떨어지며 시원한 바람을 보내왔다 추분을 지난 지 한참이 되었지만 지구의 낮은 아직 밤보다 조금 긴 것 같았다 돌고래들은 먼바다에서 그들의 음악을 연주하며 삶의 내면을 가로지르고 있었고 삶의 외곽 지대에는 우주를 떠도는 돌덩이들이 둥둥 떠다니고 있었다 돌덩이는 말해보시오 도대체 음악은 무엇이오 시는 무엇이오 돌고래는 말해보시오 미친 말이 검고 커다란 눈망울을 껌뻑이며 허공을 바라보고 있는 낡고 오래된 지구의 저녁이다

새로운 천사는 없다

　새로운 천사는 없다 아주 오래되고 낡은 천사들이 관절을 삐걱이며 나의 어깨 위를 맴돈다 내가 읽고 쓰는 단어들마다 아주 깊은 골목이 생겼다 내가 키우는 천사는 폐활량이 적어져서 담배를 끊어야 할지도 모른다 고독이 무릎처럼 내 앞에 쭈그리고 앉았다 머리를 쓸어넘기며 너의 오후를 상상했다 너의 저녁에는 푸른 나무들이 가득차고 산산한 바람이 불어 별들을 띄워올리면 좋겠다 생각했다 떠오르는 생각의 한편으로 세계의 가을이 오고 밤 기차가 기적을 울리며 떠날 때 낯선 삶에 대한 열망으로 점점 부푸는 가슴을 상상해본다 일테면 천사와 함께 놀기보다는 혼자 노래 부르는 것이 위안이 되는 밤 나는 지구의 오솔길을 오래 걷다가 문득 그대 가슴에 세 들어 사는 낯선 천사가 궁금해지기 시작했다

세상의 모든 하늘은 정선의 가을로 간다

문득 하늘을 보면

세상의 10월 쪽빛 하늘은 모두 정선의 가을로 간다

네가 봄이런가
— 김유정에게

간밤 너를 보고 싶은 마음이 실레 마을로 갔다

너에게로 가는 길 이미 봄이 왔다고 생강나무 노오란 꽃잎은 알싸한 향기를 흩날리는데 생강생강 생각나무엔 한줄기 구름처럼 생각이 피어났다

생각이 구름처럼 피어나면 저 밤의 구름들은 또 어디로 흘러가는가

실레 마을로 가는 산비알엔 화안하게 앵두꽃이 피어 너의 생각을 밝혀주고 있었다

쫄쫄 내솟는 샘물 소리며 촐랑촐랑 흘러내리는 시냇물 소리를 지나 마음은 간신히 실레 마을에 당도하는데

기생 녹주며 봉자씨의 별이 네 사랑의 기억처럼 실레 마을을 밝히고 있었다

잎이 푸르러 가시던 님이 저렇듯 오롯이 빛나던 밤에는 너도 아마 느티나무라도 심고 싶었을 게다

네가 봄이런가

—　산골 나그네처럼 내 마음은 네가 심은 느티나무에 기대어
실레의 별을 보고 있다

　사랑한다, 슬프다, 사랑한다 중얼거리며 봄 속의 또다른
봄을 보고 있다

　네가 봄이런가

* 네가 봄이런가 — "네가 봄이런가"라는 제목은 김유정 사후에 발표
된 수필의 제목에서 빌려온 것이다. 네가 봄이런가 중얼거리다보면
봄은 이미 우리가 꿈꾸던 곳에 당도해 있을 게다. 나는 지금 그대가
심은 느티나무에 기대어 하염없이 실레의 별을 보고 있다

아, 박정대

정선 파리 이스파한 그곳이 어디든

바람과 구름은 허공의 길을 가고 나는 나의 길을 간다

다시 바람이 불자 구름은 구름의 길을 가고 풀과 나무들
도 조금씩 걸어서 자신의 길을 떠난다

당나귀 한 마리 보이지 않는 오후 사방은 절벽처럼 가파
른데 나는 시방 길 떠나는 외로운 짐승, 대기는 푸른 천막
처럼 펄럭인다

그곳이 어디든 이마 위로 펄럭이는 그곳이 어디든 모두가
외로워 길 떠나고 모두가 외로워 다시 모여드는 그곳이 별
빛 찬란한 하늘을 이고 있다면

파리 이스파한 정선 그곳이 어디든 나는 가련다

파아랗게 돋아나는 새순의 제국 그 광활한 대지를 말달려
끝내 말발굽이 당도하는 곳에 한 나라를 세우리니

파아란 이파리들은 내가 세운 나라의 영토

그대는 한참을 달려와 끝내 푸른 이파리들의 광활한 대

─ 지에 당도하라

　오랜 세월 말달려온 그대에게 줄 것은 푸른 이파리의 광
야밖에 없나니

　푸른 이파리는 나의 시 나의 영혼

　그러니 그대여 시를 읽고 절대 무언가를 애도하지 말 것
추억하지도 말 것

　이스파한 정선 파리 그곳이 어디든, 다음 시를 읽고 물음
에 답하시오

(가)

　오늘은 가브리엘 가르시아 마르케스가 죽은 날『백 년 동
안의 고독』이 끝난 날, 죽은 마르케스 삼촌 문상 가는 대신
광화문에 있는 극장으로 지아장커의 〈천주정(天注定)〉이나
보러 갈까 한다

　하늘에 흐르는 운명이라는 게 있다면 지상에 흐르는 나의
고독은 언제쯤 끝날까

─

내일은 내가 가장 좋아하는 휴일 무한의 바람을 타고 정
선 파리 이스파한에나 갈까 한다, 이곳이 아니라면 어디든
갈까 한다
— 박정대, 「어디든」 전문

(나)
네 개의 장으로 이루어진 지아장커의 〈천주정〉은 네 가지
죽음(혹은 죽임)의 형태를 보여준다

네 가지 에피소드를 통해 죽음과 폭력에 대한 예리하고 깊
이 있는 사유를 보여주는 〈천주정〉은 가히 '죽음에 관한 네
개의 통찰'이라 이름 붙일 만하다

네 개의 장소에서 보여주는 각각의 에피소드는 중국의 현
실에 대한 신랄한 비판이며 전 지구적 자본주의에 대한 통
렬한 경고이다

첫번째 장에서 다루어지는 광부의 살인은 사회적 불의와
집단 광기에 대응하는 한 개인의 저항과 분노의 표현이다

이 장에서는 총 여섯 명이 죽임을 당한다(속이 다 시원하
다, 특히 마지막에 말이 끄는 수레에 숨어 유유히 사라지는
광부의 모습은 참으로 압권이다)

두번째 장에서는 한 치의 실수도 용납되지 않는 냉혹한 킬러가 등장한다

모든 감정을 배제한 살인청부업자의 살인에는 아무런 감정도 죄책감도 실리지 않는다

생계 수단으로서의 살인인 셈이다, 지극히 냉정하고 냉혹하다

아마 모든 감정선이 말라버린 현대 중국인들의 무심한 듯 이기적이고 폭력적인 내면을 그대로 드러내고 있다고 볼 수 있다

이 장에서는 총 다섯 명이 죽는다

세번째 장에서는 한 여인이 등장한다

삼협댐 근처 유흥 시설 사우나 매표소에서 일하는 여인은 자신을 겁탈하려는 남성을 정당방위로 살해하고 세월이 좀 흐른 뒤 공장의 공원으로 취직하려 한다

이어지는 마지막 장과 더불어 현대 중국의 성적 타락상

을 고발하고 있다

개인적으론 세번째 장은 왕가위가 연출했으면 어땠을까 하는 생각을 해보기도 했다, 이 장에서는 한 명이 죽는다

네번째 마지막 장은 유흥업소에 근무하는 여성을 사랑하는 어떤 청년의 자살을 다룬다

이 마지막 장은 영화에서 가장 비극적이고 암시적이며 상징적인 화두를 던진다

〈천주정〉을 통해 지아장커가 관객들에게 던지려는 질문의 핵심이 녹아 있는 장이라 할 수 있다

이 장에서도 역시 한 명이 죽는다

〈천주정〉에서 죽은 사람은 총 13명, 13이라는 숫자는 우연일까 아니면 이것조차도 감독이 의도한 것일까

지아장커는 영화의 원제가 〈天注定: 하늘에 흐르는 운명〉인데 왜 영어 제목을 〈A touch of sin〉이라고 했을까

그런데 도대체 누가 우리의 죄를 규정하는 걸까?

—　— 박정대, 「천주정을 풀어보다」 부분

(다)
비무장 지대에는 동파리라는 마을이 있다네

된소리로 발음하면 어감이 좋지 않아 마을 이름을 해마루
촌으로 고쳤다던가

동파리가 어떤가 동파리, 하면 파리의 동쪽도 떠오르고
소동파도 떠오르는데

동파리에서 똥파리만을 떠올린다면 그건 똥파리를 떠올
리는 상상력의 문제

설사 똥파리면 또 어떤가 설사 동파리에서 똥파리를 떠
올린다 해도

동파리는 여전히 동파리 똥파리는 여전히 똥파리

파리의 동쪽에는 동파리라는 아름다운 마을이 있었다는데

동파리의 서쪽에는 여전히 파리라는 아름다운 마을이 있
을까
—

116

— 박정대, 「파리의 동쪽」 전문

(라)
마른 나뭇가지 삭정이 하나를 주워
물에 씻었다, 책갈피로 쓸 요량이었지만
씻어온 삭정이를 찻잔 위에 올려놓으니
그 자체로 한 장의 맑은 풍경이다
사랑한다 고맙다
이토록 사소하고 아름다운 풍경의 삶
삶의 풍경
— 박정대, 「삭정이가 놓여 있는 자리」 전문

(마)
「정선 파리 이스파한 그곳이 어디든」이라는 제목으로 시
를 쓰고 싶었는데 나는 왜 지금 이런 시를 쓰고 있는가
— 박정대, 「시란 도대체 무엇인가」 전문

위 시에 대한 설명으로 가장 적절한 것은?

① 위 글은 시가 아니다
② 위 글의 일부분은 시로 볼 수 있다
③ 「아, 박정대」라는 시의 전문은 서문과 본문과 아래 질
문까지를 모두 포함한 것이다

④ (가)∼(마)는 각각의 제목이 붙어 있으므로 독립된 시로 보아야 한다

⑤ (가) (나) ① ② 같은, 부호를 사용하는 것은 시의 규범에 어긋나므로 위의 표현은 별로 시적이지 않다

⑥ 시적이라는 것은 상대적 개념이므로 시에 부호를 사용해도 시적으로 볼 수 있다

⑦ 위 글은 시이기 이전에 단순한 글로 간주하더라도 서로 연결되지 않는 유치한 단상들일 뿐이다

⑧ 유치함의 기준 역시 상대적인 미적 개념을 통해 정해지므로 위 시는 유치하다고 볼 수 없다

⑨ 위 시를 쓴 박정대라는 시인은 정신 나간 시인이다

⑩ 위 시를 쓴 박정대라는 시인은 참 재미있는 시인이다

⑪ 위 글은 박정대 시인이 시로 발표했기 때문에 시라고 봐야 한다

⑫ 박정대 시인이 발표했든 그 누가 발표했든 상관없이 위 글은 도무지 시로 보기 어렵다

⑬ 박정대 시인은 거미줄처럼 얽힌 사소한 삶의 에피소드를 끌어모아 한 장의 정밀한 풍경을 제시하고 있다

⑭ 박정대 시인이 이 시를 그의 친구들에게 보여주면 친구들은 박장대소했을 것이다

⑮ 박정대 시인이 이 시를 그의 친구들에게 보여주면 친구들은 대박이라고 했을 것이다

⑯ 박정대 시인이 이 시를 그의 친구들에게 보여주면 친구

들은 침묵했을 것이다

⑰ 박정대 시인은 아마 친구가 없을 것이다

⑱ 박정대 시인은 아마 친구가 많을 것이다

⑲ 박정대 시인은 아마 정선 파리 이스파한에 가본 적이 있을 것이다

⑳ 박정대 시인은 아무 생각 없이 이 시를 쓴 것이다

㉑ 박정대 시인은 무엇인가를 표현하려고 이 시를 쓴 것이다

㉒ 박정대 시인은 어쩌다보니 이런 시를 쓰게 된 것이다

㉓ 이 시를 쓴 박정대 시인은 잘생겼다

㉔ 이 시를 쓴 박정대 시인은 못생겼다

㉕ 이 시를 쓴 박정대 시인은 실체가 없다

㉖ 이 시를 쓴 박정대 시인은 스스로를 실체가 없는 유령이라고 부른다

㉗ 박정대 시인은 이미 시인이라고 누군가 시인했다

㉘ 박정대 시인은 먼저 제목을 정하고 이 시를 썼을 것이다

㉙ 박정대 시인은 시를 먼저 쓰고 제목을 정했을 것이다

㉚ 박정대 시인은 분명히 독자들을 기만하고 있는 것이다

㉛ 박정대 시인은 독자들과 그나마 뭔가를 소통할 줄 아는 시인이다

㉜ 박정대 시인의 시는 그 누구도 평가할 수가 없다

㉝ 박정대 시인은 강원도 정선 출생이라는데 그의 시를 보

― 면 도대체 이 사실을 믿을 수가 없다

㉞ 이런 걸 시라고 읽고 있는 우리는 도대체 제정신인가?

㉟ 박정대 시인은 왜 그랬을까

㊱ 아, 박정대

㊲ 오, 박정대

㊳ 이 시를 읽고 있는 독자들은 아마 박정대처럼 시를 쓰고 싶을 게다

㊴ 박정대는 박정대의 시를 쓰게 하고 우리는 우리의 시를 쓰자

㊵ 박정대는 아마 유월에 국내에서 개봉하는 〈리스본행 야간열차〉를 보고 이스파한에 다녀올 것이다

㊶ 박정대는 아무튼 이 시를 발표할 것이다

㊷ 박정대는 아마도 이 시를 발표하지 않을 것이다

㊸ 박정대는 44라는 숫자에 집착하므로 이 질문은 44에서 끝날 것이다

㊹ 이 시는 참 재미있고 감동적이다

「아, 박정대」

정답은 다음 호에

안녕

* 아, 박정대, 하면 누군가 오, 박정대, 대답해주었음 좋겠다, 그 누
군가 스스로의 이름을 부른다는 것은 이미 치명적인 상태에 도달했
다는 것, 이곳이 아니라면 어디든 가고 싶었다, 정선 파리 이스파한
그곳이 어디든, 그러나 그 어디에도 가지 않고 그 어디에도 속하지
않으련다, 어두워지면 촛불을 켜고 차라리 내가 이 세상의 모든 장소
가 되겠다, 그리고 다락방에 저녁이 오면 나는 여전히 희극 배우처럼
중얼거리고 있을 것이다, 오, 박정대

리산

　리산, 비가 내린다, 나는 너의 이름을 리산이라 부른다, 리
산, 고독보다는 리산이라고 부른다, 비가 내리고 어두운 방
안엔 작은 촛불만이 일렁이는데 여기는 여름인데도 춥구나,
리산, 나는 너의 이름을 부른다, 누군가의 이름을 부르는 것
은 나의 오래된 수공업, 리산, 리산이 아니라 리산, 나는 너
의 이름을 부른다, 세상의 사막을 적시며 내리는 비, 리산,
다섯 개의 의자와 하나의 탁자, 내가 가진 유일한 탁자 위에
서 리산, 너의 이름을 부른다, 어린 시절의 저녁 같은 이름,
살구꽃 잎 위에 떨어지던 빗방울 같은 이름, 밤새 강물이 불
어 큰 소리로 너를 부르며 지나가던 이름, 오래 잊었던 허기
의 이름, 리산, 나는 어두운 다락방의 창문을 열고 너의 이
름을 부른다, 녹색 만년필로 미농지 위에 너의 이름을 쓰며
리산, 리산이 아니라 리산, 나는 너의 이름을 부른다, 망각
의 긴 장마 속에서 빗방울을 받아들이는 무수한 지붕과 처
마와 물통처럼 비에 젖은 한 마리 짐승처럼 리산, 너의 이름
을 부른다, 아스피린 두 알의 주말, 갈 곳을 잃은 자의 허기
의 간주곡처럼 몽파르나스의 언덕을 배회하는 유령처럼 낡
은 기억의 편린처럼 리산, 나는 너의 이름을 부른다, 음악
이 없는 곳에서의 음악처럼 모리셔스를 잃어버린 불란서처
럼 아무 의미 없이 지는 석양처럼 고통의 단말마도 없이 얇
은 미농지 위에 물방울이 번지듯 리산, 나는 너의 이름을 부
른다, 수도 없이 부른다, 영원이 마치 네 이름 속에 있기라
도 한 것처럼 리산, 나는 너의 이름을 부른다, 빗방울을 받

아먹는 길거리의 가로수들처럼 리산, 길게 서 있는 메마른
바다에도 한없이 비가 오는구나, 비에 젖은 오후는 마음의
구름처럼 무거운데 떠나는 열차의 서러운 차창에 기대어 리
산, 리산이 아니라 리산, 나는 너의 이름을 부른다, 담배 연
기는 하염없이 오후의 하늘로 번지는데 저녁은 또 한 마리
비에 젖은 새처럼 파닥이며 내 작은 다락방 속으로 스며드
는데 리산, 어디에나 있지만 어디에도 없는 리산, 너의 이름
을 나는 습관처럼 부른다, 습관은 사랑의 역사, 리산, 비가
내린다, 누군가의 상념처럼 푸른 비가 내린다, 나는 음악이
없어서 빗방울의 눈동자에 시선을 다 적시고 무겁게 가라앉
는 공기를 마시며 오오 리산, 어린 시절의 저녁 같은 리산,
너의 이름을 부른다, 너의 이름을 부르며 나는 간다, 반짝이
며 돋아나는 불빛들의 저녁으로 나는 가고 있는데, 리산, 내
가 부르는 구체적인 이름처럼 단 한 번만이라도 그렇게 내
게로 오렴, 오오 리산

비원

그대는 내가 알지 못하는 세상의 비원
바람이 불 때마다 주합루에 앉아
일렁이는 취병(翠屛)을 바라보며 술을 마시지
흔들리는 시누대 울타리는 변덕스런 세상 같아
그런 마음들, 흘러가는 구름의
어깨 위에나 걸어두고
부용지에 술잔을 띄우지
화답 없는 유상곡수연의 날들
내가 띄운 술잔을
스스로 거두어 마시는 비애를
쓸쓸하다고 말해 무엇하랴
나를 둘러싼 모든 것들이
바람이 불 때마다
쓸쓸해 쓸쓸해 소리치며
낙엽 지는 상강의 날들
미친 그리움의 비애로 생각하노니
그대는
내 사랑의 비참이 꽁꽁 숨겨놓은
나도 알지 못하는 이 세상의 비원

그대는 솔리튀드 광장이었나니

정선

정선이 고향인 나 서울에서 국수를 삶아 먹으며 한 끼를
해결하네

창밖에서 들려오는 공사장 굴착기 소리를 말발굽 소리로
바꾸어보아도 마음엔 끊임없이 중국발 미세먼지들만 날아
들어오네

당시지로(唐詩之路)라 했던가

아주 먼 옛날 당나라쯤에서 시의 길을 따라 천하를 주유
하다 고요히 사라지고 싶은 오후

어디를 둘러보아도 사람은 보이지 않고 창밖으로는 뒤늦
게 말발굽 소리 같은 눈발 하염없이 흩날리는데

정선은 멀어 베갯머리에 밀쳐두었던 이용악과 백석 시집
을 자꾸만 펼쳐보는 오후

그 옛날 조양강을 건너던 거룻배, 거룻배에 실려가던 당
나귀의 발자국처럼 함박눈 타박타박 떨어지는데

이제사 가까스로 돋아나 당나귀 맑은 눈동자처럼 피어나
는 저녁 불빛이여

126

연민에 물들고 싶지 않아

더이상 슬픔에 투항하고 싶지도 않아

그대에게 하고 싶었던 말을 허공으로 띄워보네

어두운 조양강 위로는 또 밤새 함박눈 펑펑 내릴 텐데

꽝꽝 얼어붙은 강을 누군가 조심조심 건너가고 있을 텐데

정선 밤하늘에 초저녁 별처럼 돋아날 그대여

그대는 아직 무너지지 않은 농협 창고처럼 사랑하라

역전 제재소처럼 살아가라

불꽃의 성분

파미르 고원에서는 테레스켄이라는 풀로 불을 피우지

테레스켄은 파미르 고원의 불쏘시개인 셈

나 어릴 적엔 삭정이를 긁어모아 마른 장작에 불을 지폈네

한겨울을 화안하게 밝혔네

늑대처럼 달려오던 겨울바람을 얇은 문풍지 한 장이 거
뜬히 막아냈네

펑 펑 펑 며칠씩 함박눈 쏟아지던 밤이면 톱밥난로 곁에
모여 꿈꾸던 눈동자들 한 부족(部族)을 이루었네

톱밥난로 곁에서 한결 순해진 겨울을 껴안고 방안을 뒹굴
다보면 고요히 아침이 오고 문풍지의 초원으로는 다시 봄
이 오기도 했네

겨울이 따스할 수 있는 건 겨울을 지키는 톱밥난로의 사
상 때문

톱밥난로가 따스할 수 있는 건 톱밥이 별빛의 성분으로
이루어졌기 때문

나 어릴 적 정선의 겨울은 언제나 따스했네

생각해보니, 테레스켄이라는 이름의 풀은 정선 말로도 간
나였던 거

내 어린 가슴에 불을 지피던 아리따운 가시내의 이름이
었던 거

발칸 연주는 발칸 반도를 연주하는 게 아니지

체코 사람들은 손가락에 끼는 골무를 발칸이라고 하지

내가 할아버지를 처음 본 것은 발칸 반도가 아닌 프라하
의 카를 다리 위였네

할아버지는 지난해 발칸 연주 우승자, 발칸 연주 우승자
만이 카를 다리에서 연주를 할 수 있지

저녁 일이 끝나면 집으로 돌아와 쉬는 할아버지 한적한 프
라하의 아파트에 사시네

집에서 와인을 즐겨 마시는 할아버지가 가장 좋아하는 와
인은 악트-쉬르-뤼베롱 와인

발칸 연주를 하며 할아버지 웃으시네

불타바 강에서 론 강까지 포도주는 강물처럼 흐르네

차가운 미스트랄이 불어와 불꽃을 피워올리는 저녁이면
백 년 전부터 체코인들이 즐겨 먹었던 브람보락을 친구들과
함께 나누어 먹네

저녁 식사에는 언제나 음악이 빠지지 않지, 할아버지 오

늘 저녁엔 집시 여인의 노래를 준비했네

　집시 여인이 기타를 치며 노래하는 저녁, 세상의 모든 길
들은 집시 여인의 노래를 따라 부르고 뒷골목의 창문들 숨
죽여 그 노래를 듣고 있네

　프라하에 다시 저녁이 오면 발칸 연주자인 할아버지 카
를 다리로 가시네

　발칸 연주는 발칸 반도를 연주하는 게 아니지

　발칸 연주는 내면의 가장 아름다운 페이지를 연주하는 것

시인 박멸

어떤 영화감독은 시나리오도 없이 촬영에 들어간다
훌륭하다, 어떤 시인은 제목 없이 시를 쓴다
역시 훌륭하다, 제목만으로 완성되는 시가 있듯
제목만으로 완성되는 삶도 있다
제목이 부실하다는 것은 삶이 부실하다는 것
오늘은 그대 가장 좋아하는 것을
삶의 제목으로 삼아라
삼나무에서 삼나무 이파리 자라듯
제목으로부터 삶이 자란다
고독이 분란을 일으키는 삶은
선반 위에 올려두어라
싸늘한 겨울 오후
난롯가에서 그대 시를 쓴다면
제목을 커피와 담배라고 하자
그 모든 성분은 삶으로부터 온 것일지니
커피와 담배의 시는 삶의 시다
담벼락과 마주한 그대 삶의 시를 보아라
처음부터 완성된 시는 없나니
모든 시는 끝내 미완으로 남으리니
커피를 마신 심장에 담배 연기를 풀어 시로 만들라
설령 그것이 사제 폭탄이 되더라도
그대가 폭탄을 의도한 것은 아니었으니
커피와 담배가 만드는 시

침묵이 만드는 열렬한 고독 작렬의 시를
그대는 오늘도 세상의 창가에 두고 가느니
세상에 창궐한 시인이 사라지면
새로운 종족의 시인이 탄생하리라

시인 불멸

여름이 올 것이다 여름이 올 것이다 이란에 다녀올 것이
다 새로운 시지(詩誌)가 창간될 것이다 내가 생각하는 제
목은 시인 불멸 반년간지니까 1년에 2권 한 권은 시인 불멸
또 한 권은 시인 박멸 그리고 겨울이 올 것이다 눈발로 흩
날릴 것이다 허공으로 흩어져 다시는 돌아오지 않을 것이다

솔리튀드 광장

  산국화 피면 산국화의 땅 산작약 피면 산작약의 땅

  여기는 옛날 옛적 고구려 사람들 구름 냄새나는 등짐을 짊
어지고 오가던 곳

  백제 신라적 비단 장수들 타박타박 당나귀 발걸음 음악
삼아 지나가던 곳

  고란초 피면 고란초 보며 지나고 두루미천남성 피는 계절
에는 두루미와 함께 흘러가던 곳

  새들의 울음소리 물안개 따라 아득히 흘러가던 사계절의
통행로

  여기는 옛날 옛적 산양과 사향노루와 백두산 호랑이가 함
께 어울려 살던 곳

  아직도 하늘엔 여전히 검독수리와 참매가 날지만 여기는
수달과 묵납자루와 연어들의 고향, 계룡산 일대에 살던 이
끼도롱뇽도 지금은 여기까지 옮겨와 산다네

  여기는 비무장 지대, 이끼도롱뇽의 북방 한계선

산작약 피면 산작약의 땅 산국화 피면 산국화의 땅

　　여기는 첨예한 과거가 묻혀 있는 한반도의 심장, 여기는
오래된 미래가 돋아날 세계의 내면

　　지금은 바람 불고 무장무장 비 내리지만 비로소 이곳에서
한 마리 초원이 꿈틀거리며 돋아나리니

　　광야를 말달리던 그대여, 이제 여기에 장엄하고 숭고한
말들을 풀어놓자

　　그대가 풀어놓은 자유의 말들이 비무장 비무장 말발굽 소
리를 내며 광활한 대지를 달리리니

　　산작약 피면 산작약의 땅 산국화 피면 산국화의 땅

　　여기는 옛날부터 지금까지 언제나 옛날인 양 의기양양

　　초저녁 별들 하염없이 돋아나는 무한의 솔리튜드 광장이
었나니

환상의 빛

파키스탄에서는
거대한 산을 초고리라 하지
파키스탄의 초고리, 일명 K2 가는 길
한눈에 보이는 발토르 강가리여, 아부르치 빙하여

환상의 빛은 어디에 있는가

일주일을 걸어
카람코람 빙하 언덕을 넘어가다 보았다
새들이 허공으로부터 직진하던
빙하 호수의 진진초록 내면을
호수의 내면을 지나 끊임없이 흘러가던
빙하 계곡의 눈물을

환상의 빛은 어디에 있는가

계곡물에 발을 씻고
머리 위엔
수만 년의 하늘과 구름을 걸어두고
잠시 누워, 오래도록 생각했다

나 그토록 찾아 헤매는
환상의 빛은 어디에 있는가

한 여인이 물통을 들고 안개 자욱한 들판 쪽으로 걸
어갔다

우리는 밤중에 배회하고 소멸한다

누군가 담배 한 대를 피워 물면 이스파한 이스파한 피어 오르는 담배 연기

우리는 우주의 끝에 있어도 서로 연결되어 있나니

우리는 밤중에 배회하고 소멸한다

테헤란, 이스파한, 야즈드, 쉬라즈, 이란의 도시를 떠돌며 나는 줄곧 아후라 마즈다의 세 가지 가르침을 생각했다 좋은 생각, 좋은 말, 좋은 행동

좋은 생각을 해야 하는데 세계는 그것과 부합되지 않는다

좋은 말을 하고 싶은데 들어줄 사람이 없다

좋은 행동을 하고 싶은데 그것은 대체로 고독의 몸짓이다 다시 생각해보아도 인류는 글렀다 아니 아후라 마즈다는 틀렸다

이란에서의 반정부 활동은 술을 마시는 것 한국에서의 반정부 활동은 담배를 직접 재배해 말아 피우는 것

쉬라즈 와인은 세계적인 와인이다 쉬라즈에 사는 어떤 사

람도 쉬라즈 와인을 공식적으로 마시지 못한다

　쉬라즈에서 우리는 쉬라즈 와인을 마셨다 아후라 마즈다
가 마침내 시인했다 그래, 너희가 시인이다

　이스파한 이맘 광장 옆에 있는 지하 카페에서 우리는 물담
배를 나누어 피우며 물담배 동맹을 결성했다

　물담배 연기처럼 자욱한 또하나의 세계에서 우리는 결사
적으로 외로웠으므로 결사적으로 물담배를 피웠다 이스파
한 물담배 동맹의 시작이었다

　탕헤르의 골목 어귀 한 카페에서 야스민은 인간의 목소
리로 노래한다

　아담은 야스민의 목소리에서 인류를 구원할 목소리를 듣
는다

　인류를 구원할 목소리란 무엇인가 그것은 지금 나에게 들
려오는 그대 목소리로부터 오리니 그 목소리가 어느 날 인
류를 구원하리라

　한 여인이 물통을 들고 안개 자욱한 들판 쪽으로 걸어갔다

이런 풍경은 바로 음악이 된다 가령 그것은 아주 슬픈 음악이 될 것이다

인류의 미래는 시인에게 달려 있다

인류는 더이상 진보하지 않을 것이다 시인들은 더이상 시를 쓰지 않고 침묵할 것이기 때문이다

다시 말하건대 인류여, 이쯤에서 끝내자

까마귀처럼 고개를 갸웃거리며 검은 외투를 입고 찾아오는 밤

이스파한 물담배 동맹, 오슬로 오솔길 동맹, 까마귀 벨벳 외투 동맹, 어두운 밤이 오면 흑흑 흑맥주 동맹

세상의 모든 동맹을 생각하는 밤이다 그러나 세상의 모든 동맹은 설상가상의 밤에 한 줌의 숨결로 맺어져 속수무책으로 펄럭이나니

우리는 밤중에 배회하고 소멸한다

참으로 멀리 갔던 마음이 고요히 돌아오는 시간이면 우주
는 혀끝에서 침묵으로 맴돌고 내가 말을 하면 우주에 굉음
이 일어날 텐데 또 몇 개의 별들이 폭발할 텐데 나의 침묵이
우주의 고요를 돕는 시간이면 갯벌에는 망둥어가 뛰고 황새
치는 먼바다 고향으로 나아가고 마음은 다 해진 짚신처럼
절뚝이며 내게 돌아오느니

  우리는 밤중에 배회하고 소멸한다

  오전 11시의 나무 아래서 나는 한밤중의 시를 쓴다 내가
할 수 있는 일은 펜을 움직여 우주의 운행을 돕는 일 그러나
지금은 인류를 향해 경고 같은 마지막 숨결의 시를 쓴다 마
치 알래스카에서 자신이 관찰하던 곰에게 죽임을 당한 어느
비운의 사내처럼 알래스카의 바람처럼 어느 날 문득 우리는
지상에서 사라지리니

  우리는 밤중에 배회하고 소멸한다

  무엇엔가 사로잡힌 영혼들이 절뚝이며 걸어가는 밤 그 밤
을 고요히 덮어주려고 남반구의 9월에 올해의 마지막 눈이
내리는데 오전 11시의 북반구에서 누군가 방금 눈을 떠 눈
앞에 아득히 펼쳐진 자정의 모래사막을 응시한다

—   자정 이후의 세상은 망상이어서 오, 비 내리는 삼척에 있
는 망상일 뿐이어서

우리는 밤열차를 타지 못하고 끝내 망상에 들지 못하나니

우리는 밤중에 배회하고 소멸한다

—

알라후 아크바르

'고맙습니다, 시인'은 이란 말로 무엇일까요?
파리마 저 멀리, 천 개의 눈빛으로 질문을 하네

('메르시, 시인' 아닌가?)

살람, 셔에르
사벡 헤르, 셔에르
호밤, 셔에르
후베 후베, 셔에르
모차케람, 셔에르

천 개의 질문을 하며 불어오는 바람의 입술, 페르시안 말
처럼 질주하는 감정의 무한

아름다운 이란 처녀를 보며 내가 떠올릴 수 있었던 유일
한 이란 말은, 알라후 아크바르!

알볼즈 산맥에 둘러싸인 테헤란의 밤

밤하늘엔 말 못 하는 별들만 총총

* 고맙습니다, 시인 — 이란 말로 고맙습니다는 [메르시] 혹은 [모차케람], 시인은 [셔에르], 그러니까 '고맙습니다, 시인'은 이란 말로 [메르시, 셔에르] 혹은 [모차케람, 셔에르]

이란 말로 [살람]은 안녕, [호밤]은 난 좋아, [소벡 헤르]는 아침 인사, [아스벡 헤르]는 점심, [사벡 헤르]는 저녁 인사, [호베] 혹은 [후베]는 좋다, [알라후 아크바르!]는 신은 위대하시다!

** 파리마 저 멀리 — 그녀의 이름은 파리머 저멀리, 이란 시인협회 건물에서 열린 시낭송회에 온 그녀는 테헤란에 있는 세종학당에 다닌다고 했네

그녀를 처음 보던 날은 이란어 초급반 첫날 수업 같은 밤이었네, 내가 이란에 도착한 지 이틀째 밤이었으니까

파리마 저 멀리! 나는 내 맘대로 그녀 이름을 그렇게 불러보았던 것이네, 저 멀리 달아나는 파리마

이란 고원에 사는 그녀는 한없이 먼 동쪽을 꿈꾸었네, 수줍어서 말도 못 하고 항상 저 멀리서 나를 바라보며 웃기만 하던 그녀

— 메르시, 박정대 셔에르!

— 안녕, 파리마 저 멀리!

나 역시 수줍어서 말도 못 하고(사실은 이란 말을 몰라서 못 하고) 그냥 상상해보았던 것이네, 천 개의 눈빛으로 말을 하던 이란 처녀와의 밤에

이스파한에서의 한때

이스파한 시내 중심가에 있는 세에라자드 식당은 양갈비
가 맛있다네

살짝 볶아서 나오는 밥을 고추장에 비벼 먹으면 그 맛 또
한 일품이라네

1969년에 문을 연 세에라자드 식당은 점심시간이면 사람
들로 가득하네

식당 안 가장 구석진 자리에는 시골에서 갓 상경한 듯한
처녀가 혼자 식사를 하고 있네

그녀의 손가락에서 빛나는 반지는 누구와의 소중한 약속
일까 궁금해지는 오후

나는 식사를 하고 길거리로 나와 담배를 피우며 생각하네

가로수 뽕나무 잎들은 바람에 살랑살랑 흔들리는데 거리
마다 투명 유리관 같은 햇살 기둥이 페르시안 문양으로 반
짝이는 이스파한의 오후

세상의 모든 그녀는 어디에서 왔을까

쉬라즈

말을 타고 쉬라즈에 갔다(사실은 비행기를 타고 별빛에 갔다)

쉬라즈에 여름 냄새를 맡으러 간 것은 아니었지만 내가 도착한 도시에서는 여름 내음새가 났다

황야의 풀잎과 저 멀리 포도밭과 구릉을 지나는 구름들에게서도 여름의 내음새가 났다

비행기를 타고 쉬라즈에 갔다(사실은 말을 타고 음악에 갔다)

쉬라즈에 무슨 냄새를 맡으러 간 것은 아니었지만 내가 도착한 도시에서는 마른 흙 내음새가 났다

사막을 지나온 뜨거운 바람에서도, 검은 차도르를 한 밤에서도 별빛의 내음새는 났다

누군가 고개를 숙이고 앉아 있다

길들여지지 않아야 야생마지
길길이 날뛰는 말들의 내면은 눈 내리는 초원으로 가득
하다
그대의 동굴 집이 아무리 따뜻해도
그대 내면이 겨우내 아무리 두꺼운 외투를 걸친다 해도
야생의 말들은 끝내 시리고 추운 자신의 내면으로 돌아
가지
그러니까 바람 불고 눈 내리는 초원은 말들의 내면
한잔의 차를 마시고 오셀로 호텔에서
바라보던 바깥의 풍경은 어떤가?
그대 바라보는 세계는 저 풍경의 뿌리로부터 오는 것일
테니
그대 시선은 뿌리의 가장 깊은 내면을 보라
젖어 있는 것들, 조금씩 꿈틀거리며
하나의 세계를 꿈꾸는 것들
벌판은 황량하고 바람 불고 눈 내리지만
몇 개의 등불을 달고
바람과 눈발의 틈 사이에서 돋아나는 작은 마을
그게 어쩌면 인간의 가장 소박한 내면이리니
겨울밤이면 길들여지지 않은 말은
추운 벌판을 떠돌다 서로의 체온에 기대어 잠들고
잠든 영혼들은 하늘로 올라가 별들이 되리니
작은 인간의 마을에서 돋아나

지금 저 공장 지대에서 빛나는 별들은
여전히 길들여지지 않은 그대의 말이다
총총 밤하늘을
야생마처럼 뛰어다니는
여전히 어둡고 아름다운
누군가의 말이다

56억 7천만 년의 밤

창가에 앉은 나, 56억 7천만 년 동안 밤 풍경을 바라보
고 있다

금각사

상처 입은 것들의 내면은 모두 한 채의 절
고독이 말을 타고 가다 이곳에 내렸네
긴카쿠진지 킨카쿠진지 헛갈렸지만
우리말로는 금각사라고 했는데
미시마 유키오를 만나러 간 건 아니었네
벚꽃 유난히 자욱하던 봄날
교토의 시내버스를 타고 가다
금각사 입구에서 내렸지
사랑도 상처를 입으면 저렇게 흩날리는 걸까
킨, 카쿠, 지, 긴, 카쿠, 지
일주문 가득 벚꽃 이파리
전생처럼 환하게 쏟아지는데
난 그대에게 왜 한마디 말도 못 했던 걸까
킨카쿠진지 긴카쿠진지
여전히 헛갈려 중얼거렸지만
금각사는 작은 짐승처럼
연못가에 웅크리고 있었네
고독이 말을 타고 가다 이곳에 내렸네
상처 입은 것들의 표면은 모두 금각사
저렇게 웅크린 채
반짝이기라도 해야 하는 것을

여진(女眞)

창문을 열고 담배를 피웠다 네 생각을 했다

열어놓은 창문을 통해 바람이 불었다

구름들은 흘러가면서 문득 네 얼굴로 바뀌었다

바람에 실려 온 네게서는 자꾸만 여진의 살내음새가 났다

여름인지 겨울인지 알 수 없었는데 너는 한바탕 비로 쏟
아지다 어느새 눈발로 흩어지고 있었다

담배를 끄고 창문을 닫았다 네 생각을 했다

열어놓은 내 생각 속으로는 끊임없이 네가 불어왔다

그럴 때마다 여진의 살내음새가 났지만 낮인지 밤인지 도
무지 알 수가 없었다

창문을 열고 닫을 때마다 네 생각을 했다

그럴 때마다 너는 갸륵한 옛날처럼 피어나고 있었다

고요히 눈을 감으면 없던 너는 한 마리 촛불처럼 피어나

― 고 있었다

　그렇게 오래도록 너를 끼밀어보다가 촛불의 입술에 가느
슥히 입맞추었다

　구름들은 밤하늘의 창문을 통과해 까마득한 옛날로 가고
심장 가득 너의 숨결만이 음악처럼 밀려오던 밤이었다

　―

아무르

내가 풀어놓은 호랑이가
파리 근교에 당도했다는 외신을 듣는 밤이다
C형에게 앞으로 10년간 빌린 녹색 기타는
베르드 공작이라는 이름을 얻었고
북미 인디언 부족들은 여전히
비전 퀘스트를 통해 환각을 탐색한다
환각을 탐색하는 자들은 꿈의 지도를 작성하며
깊은 대기 속으로 여전히 새들을 날려보낸다
나는 아를의 알리스캉 가로수길 석관 위에 앉아
새들이 물고 온 저 먼 곳의 소식을 시로 쓴다
지금쯤 생트-마라-드-라-메르에는
집시들이 모여 한바탕 축제를 벌이고 있겠지
그들은 막달라 마리아를 숭배하지만
나는 오롯이 나만의 그녀를 숭배한다
내가 풀어놓은 그녀가 벌거벗고
파리 시내를 질주한다는 외신을 듣는 밤이다
지난 10년 동안 내가 사용한 검은 기타는
까마리 공작이라고 불렸고
까마리 공작은 이제 낡고 어두운 밤에 도착했다
북미 인디언 부족들은 여전히
담배를 피워 물고 환각을 탐색하지만
나는 별빛 아래 반가사유의 자세로 앉아
새들이 물고 갈 지도의 미래가 된다

Pak Jeong-de Pêche de Paris
— **파리에서의 박정대 낚시**

장드파(시인)

그와의 인터뷰는 11월에 하는 게 좋다

왜 그런지 설명할 수는 없지만 그렇게 하는 게 좋다는 것을 나는 안다

일테면 낙엽이 떨어지는 11월 몽파르나스 묘지 근처의 한 카페에서 파리의 고아들처럼 말이다

그와의 인터뷰는 내 바람대로 지난해 11월 몽파르나스 묘지 근처 한 2층 카페에서 이루어졌다

헤이 장드파, 잘 지내? 나를 보자마자 그는 반갑게 인사를 했다

그의 오랜 친구로서 함께 술을 마시며 인터뷰를 진행했다

창가에 앉은 그는 생각에 잠겨 밖을 바라보고 있었다. 그의 머릿결은 바람에 가볍게 흔들리고 있었다

나는 바람이 불어오는 쪽을 바라보며 그에게 질문을 시작했다

*

  ─ 당신을 보면 파리의 고아 같다는 생각이 든다, 당신은
프랑스 태생도 아닌데 왜 그런 생각이 드는가?

  글쎄 그건 아마도 당신의 머릿속에 만들어진 나에 대한 이
미지에서 오는 것일 게다

  사람들은 대상을 대할 때 대상 자체만의 이미지를 생각하
는 건 아니다, 사실 대상 자체만의 이미지라는 것은 존재하
지 않는지도 모른다, 하나의 대상은 여러 가지 이미지를 동
시에 거느리고 있다, 그러니까 대상에 대한 이미지는 그것
을 대하는 사람의 취사선택에 의해 이루어진다

  ─ 닉 케이브(Nick Cave)를 아는가, 닉을 보면 당신과 형
제 같다는 생각이 든다

  그것은 아마도 닉이나 내가 풍기는 무국적자의 분위기에
서 오는 게 아닐까

  나는 닉 케이브의 노래를 가끔 듣기는 하지만 한 번도 함
께 작업해본 경험은 없다, 양자역학에 의하면 우주의 끝에
있어도 모든 것은 서로 연결되어 있다고 하는데 그런 의미

에서 닉과 나는 어떤 연결 고리를 지니고 있는 듯하다, 닉과 나는 서로 떨어져 각자의 일을 하고 있지만 우리가 하는 일은 결국 같은 종류의 것이 아닐까

나는 그렇게 생각한다

— 평소 시를 많이 읽는다고 들었다, 주로 어떤 시를 읽는가?

내가 좋아하는 시인은 생각보다 그리 많지는 않다

시에 있어서만은 무척 편식을 하는 편이다, 장드파, 파울로 그로쏘, 갱스부르 송, 라프 단스 두 서머 등 인터내셔널 포에트리 급진 오랑캐 밴드의 시를 주로 읽는다, 또 가끔은 고전적인 시인들을 읽기도 한다, 동서양을 막론하고 고전적인 시인들이 오히려 요즘 시인들보다 좀더 급진적인 면이 있다, 내가 래디컬하다고 말하는 것은 그 시가 쓰일 당시 인류의 보편적 정서보다 그들이 예민하게 한 걸음 더 나아갔다는 것을 의미한다, 내 작품의 기본적인 모티프는 대부분 그들로부터 온 것이다

— 갱스부르 송과 라프 단스 두 서머 시인을 아는가?

잘 알고 있다, 그들의 시집을 모두 읽어봤다, 리산으로
도 불리는 갱스부르 송의 시들은 소리결과 무늬결이 한몸
인 양 붙어 있는 시들이다, 자네가 들으면 서운해할지도 모
르겠지만, 어떤 면에서는 장드파 자네 시보다 난 개인적으
로 갱스부르 송의 시를 더 좋아한다, 그의 시들은 인간의 본
질적인 감정을 아름답게 선동한다, 그런 면이 좋은 것 같
다, 라프 단스 두 서머는 웃고 춤추고 여름하라씨로 불리기
도 하는 걸 잘 안다, 그는 태생적으로 악공의 기질을 끌어
안고 태어난 시인이다, 남양의 정서가 듬뿍 배어 있는 그의
시들이 좋다

— 시가 인류를 구원할 수 있다고 보는가?

그런데 도대체 구원이라는 건 뭘 말하는가?

사람들이 말하는 구원이라는 게 만약에 있다면 인류를 구
원할 수 있는 유일한 가능성은 시 속에 숨겨져 있다

그런데 인류를 구원해야 하는가?

사실 그 질문은 내가 던지고 싶은 질문이다

도대체 인류를 왜 구원해야 하는가? 곰곰이 생각해보아

도 인류를 구원할 이유는 없다. 인류가 이대로 망한다 해도 아무도 그것에 대하여 비통해하지 않을 것이다. 인류는 자신의 파멸조차도 인식하지 못하고 있다. 하지만 시인은 모래 한 알의 흔들림에서도 전 우주를 느끼는 자이다. 그는 아주 섬세하게 전 우주를 통찰한다. 시인은 항상 자기 자신에 대하여 말하고 노래하지만 그것은 필연적으로 전 우주와 맞닿아 있기 때문이다. 인류를 구원해야 할 이유는 없지만 시인이란 존재가 인류에 속해 있기 때문에 나는 인류가 구원받기를 원한다

— 모든 인간은 조금씩 섬세하게 다 다른데 왜 그들을 묶어 인류라는 표현을 쓰는가?

그 말은 맞다

이 세상에 같은 인간은 없다. 모두가 조금씩 다 다르다. 그러나 본질적 측면에서 본다면 모든 인간은 또 거의 같다. 인간이 동물과 다른 점은 인간만의 정교한 말을 사용한다는 것이다. 말이라는 것이 지금까지 인간을 인간답게 했다면 이제는 인간이 사용하는 말에 의해 인류는 멸망할 단계에까지 와 있다. 인류의 말은 너무 오염되고 타락했다. 시니피앙과 시니피에의 차원이 아니라 인류는 말을 통해 온갖 범죄를 저지르는 지경에 왔다. 어느 날엔가 인류는 자신이 내뱉

은 말에 의해 멸망할 것이다. 그래서 시인이 중요하다는 것이다. 시인이 인류를 구원할 수 있다는 말은 바로 이러한 맥락에서 하는 말이다

— 그렇다면 이제 인류는 말의 사용을 자제하고 침묵해야만 하는가?

침묵조차도 하나의 시끄러운 말이다

인간에게 필요한 것은 침묵이 아니라 어찌 보면 침잠이다. 자신의 깊은 내면 속으로의 침잠. 인간의 내면은 무한의 깊이를 지니고 있다. 내면의 깊이를 획득한 말은 말 자체의 싱싱함을 유지하고 있다. 그런 말들이 인류의 대초원을 달려갈 때 하늘의 뭉게구름들은 백양나무와 만나 박수를 치며 백양나무 이파리들처럼 새털구름처럼 그렇게 아름답게 흩어져갈 것이다

— 앞으로 계획하고 있는 작업에 대해 이야기해달라

파리의 고아들이라는 이미지로 한 편의 영화를 찍어볼까 한다

그것은 몽파르나스 묘지 근처 휘날리는 백양나무 낙엽 이

미지로 시작될 것이다. 떨어지는 낙엽들의 수만큼 지상엔 하나둘 저녁 불빛이 켜지고 골목에 가로등이 켜지면 오래된 카페 간판에도 불이 켜진다

카페의 이름을 뭐라 할까. 일단은 아무르라 하자

가로등이 하나 둘 켜지는 길을 따라 리산이 걷고 있다

방금 골목길을 빠져나온 강정은 바랑을 걸친 채 허청거리 며 리산이 걷는 길의 건너편 거리에서 걸어오고 있다

그들이 한 걸음씩 내딛을 때마다 가로등이 하나씩 켜진다

서로 다른 길을 걷고 있는데 둘 다 같은 곳으로 가고 있다

나는 몽파르나스 2층 카페 아무르에 앉아 담배를 피우며 그들을 바라본다

지금까지 구상한 것은 그게 전부다

— 그럼 이번 영화의 제목은 〈파리의 고아들〉인가?

내가 영화를 찍을 때 중요하게 생각하는 것은 단 한 컷이

라도 시적인 이미지를 얻어내는 것이다

제목은 그 뒤에 오는 것이다

가령 제목이 '아무르'면 어떻고 '여진'이면 또 어떤가

가령 제목은 '오, 박정대'일 수도 '아, 박정대'일 수도 있다

설령 제목이 '무용'이라 해도 그 제목은 일테면, 유령과 無와 무용(useless)에 대하여 아무런 설명도 하지 못한다

시와 마찬가지로 영화도 내가 생각하는 아름다움의 일부를 그저 전달할 뿐이다

그러면 영화를 찍는 동안 모든 것들이 스스로 알아서 제목을 찾아갈 것이다, 아니 제목이 스스로 영화를 찾아올 것이다

— 〈목련응시〉(2001년), 〈검지의 대가 혹은 강조된 조명〉(2011년), 〈다락방〉(2014년), 〈파르동, 파르동 박정대〉(2014년) 같은 당신의 영화를 보면 유난히 시적 상상력이 돋보인다. 당신 영화는 시로부터 영향을 받았다고 볼 수 있는가?

시적 상상력이란 말은 허황된 것이다

시와 시적인 것 비시(非詩)와 비시적(非詩的)인 것의 개념과 경계조차 애매한 상황에서 시적 상상력이란 도대체 무엇을 말하는가?

예술의 영역에 있어서 감각의 이미지로 구획되던 장르 구분은 현대 예술에 있어서는 더이상 의미가 없다

이제 사람들은 색깔을 듣고 소리를 그림으로 그리고 시에서 냄새를 맡는다

당신이 내 영화에서 시적 상상력의 징후를 발견했다면 그것은 당신의 상상력이 시적 상상력에 기반을 두고 있기 때문이다

나로서는 그렇게 말할 수밖에 없다

— 이번 시집의 제목은 『그녀에서 영원까지』이다, 무슨 의미가 있는가?

아무 의미도 없다, 그녀는 그녀, 영원은 영원일 뿐이다

처음에는 제목이 『오, 박정대』였고 그다음엔 『리산』, 그다음엔 『파리에서의 모샘치 낚시』였다. 파올로 그로쏘와 라프 단스 두 서머가 파리에 오던 날 갱스부르 송과 함께 이번 시집의 제목을 『그녀에서 영원까지』로 정했다. 이 시집은 『체 게바라 만세』에 이은 인터내셔널 포에트리 급진 오랑캐 밴드의 두번째 문자 실황 공연이다

나는 '나'이면서 끊임없이 '나'가 아니다. 박정대는 사실 온갖 이름으로 존재하며 온갖 이름으로 부재한다. 그건 리산도 마찬가지일 것이다.

나는 언제부터인가 내 자신이 그리웠고 '박정대'나 '리산' 이라는 이름이 너무나 그리웠다 그래서 그 이름을 시집 제목으로 붙이려 했던 것이다

특별한 의미는 없다. 인간의 모든 말들이 다 그렇듯 랑그와 파롤, 시니피앙과 시니피에, 그 실체가 불분명한 말을 가지고 시인들이 시를 쓴다고 가정했을 때 어쩌면 '순수 음향으로서의 시'를 실험하고 싶었는지도 모른다

— 이번 시집 제목인 『그녀에서 영원까지』는 누구나 알고 있는 닉 케이브의 노래 제목 아닌가?

당신은 왜 그렇게 제목에 집착하는가?

외려 내가 되묻고 싶다

어디에선가 말했지만 이건 시니피앙과 시니피에의 문제
이다, 당신은 어째서 닉 케이브의 〈From her to eternity〉와
『그녀에서 영원까지』를 같은 제목으로 보는가, 두 개를 발
음해보라, 하나는 〔프롬 허 투 이터니티〕고 또다른 하나는
〔그녀에서 영원까지〕다, 그것은 파롤과 시니피앙의 측면에
서 완전히 다른 말이다, 의미를 제거한 음향의 차원에서는
더욱 그렇다는 것이다

아마 닉 케이브 자신도 자기 노래 제목이 누군가의 시집
제목으로 쓰였다는 사실을 알면 기뻐했을 것이다

사실 이번에는 아예 제목이 없는 시집을 내고 싶었다, 그
런데 여러 사람들의 반대가 있었다, 이 시대는 시집조차도
하나의 물건이기 때문이다, 시집에서 어떤 영혼의 냄새를
맡겠다는 것은 이미 시대착오적인 발상인 것이다

이 시대를 살고 있는 그대는 어쩌면 몹시 불행한 세대일
지도 모르겠다

자본주의가 영혼의 마지막 보루인 시까지 점령한 시대에 살고 있으니까 말이다

— 지금 이 순간 당신이 가장 하고 싶은 일은 무엇인가? 그리고 내가 마지막으로 당신에게 어떤 질문을 했으면 좋겠는가?

난 단순한 존재다

한 번에 한 가지만 질문을 해달라고 부탁을 했는데도 당신은 참 우둔한 것 같다, 하지만 친구니까 한번 봐주겠다

당신의 질문에 한꺼번에 대답하겠다

지금 이 순간, 내가 가장 하고 싶은 일은 이 인터뷰를 끝내고 싶다는 것이다, 그리고 누구라도 더이상 나에게 아무런 질문을 하지 않았으면 좋겠다는 것이다

상징적으로 말하자면, 아니 당신은 지금 내가 하는 말을 믿지 않을 수도 있겠지만 친구니까 사실을 말하겠다

'사실 나는 아직 태어나지도 않았다', 태어나지도 않은 존재가 어떻게 '가장 하고 싶은 일'에 대하여 답할 수 있겠나

나는 일단은 태어나고 싶다, 그런데 아직은 태어나야 할 이유를 찾지 못하겠다

내 존재 이유를 환하게 밝혀줄 촛불 같은 명분이 아직 나에겐 없다, 어두운 지구 어딘가를 배회하고 있을 내가 사랑할 단 한 사람이 있으면 좋겠다, 그래야지만 나는 인간으로 태어날 수 있다

나는 여전히 꿈꾼다, 지금 이 순간에도 파리의 뒷골목을 배회하고 있을 파리의 고아들을

모든 존재는 가능성으로 인해 빛난다

밤하늘의 별이 무한한 가능성으로 빛나듯 말이다

나의 이 고리타분한 비유가, 역설적이지만 당신의 끝없는 질문으로 인해 다시 새롭게 빛나길 바란다, 피스!

*

그와의 인터뷰가 끝났다

메르시, 메르시, 박정대!

우리는 아직 그 어디로도 가지 못하고 모두 허공에 있다

바람이 불 때마다 흔들리는 11월의 이파리들처럼, 파리
의 고아들처럼

먼 곳으로부터 하얀 눈발이 검은 말을 타고 천천히 걸어
오고 있는 밤이다

172

더 먼 곳에서 돌아오는

박정대

—

音악은 천사들이 연주하고
천사들은 내가 만들지
—박정대, 「모든 가능성의 거리」

　파트릭 모디아노의 소설 제목으로 이 글을 시작하려고 한
다. 나에게도 항상 더 먼 곳에서 돌아오는 여자가 있다. 그
녀는 항상 내가 이 세계의 끝에 당도했을 때 나에게로 왔다.

여진(女眞)

　창문을 열고 담배를 피웠다 네 생각을 했다

　열어놓은 창문을 통해 바람이 불었다

　구름들은 흘러가면서 문득 네 얼굴로 바뀌었다

　바람에 실려 온 네게서는 자꾸만 여진의 살내음새가 났다

　여름인지 겨울인지 알 수 없었는데 너는 한바탕 비로 쏟아지다
어느새 눈발로 흩어지고 있었다

　담배를 끄고 창문을 닫았다 네 생각을 했다

—

열어놓은 내 생각 속으로는 끊임없이 네가 불어왔다

그럴 때마다 여진의 살내음새가 났지만 낮인지 밤인지 도무지 알 수가 없었다

창문을 열고 닫을 때마다 네 생각을 했다

그럴 때마다 너는 갸륵한 옛날처럼 피어나고 있었다

고요히 눈을 감으면 없던 너는 한 마리 촛불처럼 피어나고 있었다

그렇게 오래도록 너를 끼밀어보다가 촛불의 입술에 가느슥히 입맞추었다

구름들은 밤하늘의 창문을 통과해 까마득한 옛날로 가고 심장 가득 너의 숨결만이 음악처럼 밀려오던 밤이었다

그리스 산토리니 섬 계단에 앉아 하염없이 개를 쓰다듬었다. 그 개는 내가 섬에 도착했을 때부터 문득 내 앞에 나타나 마치 오랜 친구를 안내하듯이 하루 종일 나를 따라다녔다. 그리스의 풍광은 하늘빛과 바닷물빛에서 내가 사는 곳과는 확연히 달랐다. 아테네에서부터 시작해 델피와 그리스의 몇

개 섬들을 돌아보고 다시 아테네로 돌아오는 일정이었지만 대부분의 여행이 그렇듯이 여행은 계획대로 되지 않았다.

감정의 무한

감정의 무한에 다다를 때가 있다

비행기를 타고 밤하늘을 가로질러 이역만리 그대 품에 안착할 때, 안개는 바다로부터 와서 내륙의 심장으로 서서히 스며든다

누군가는 꿈을 꾼다, 감정의 근원에 관한 꿈, 감정의 무한에 관한 꿈

누군가가 꿈을 꾸는 동안 나는 걷는다, 평원을 나는 새들과 함께 그렇게 걷다가 감정의 무한에 당도할 때가 있다

바람 속에 묻어오는 고독한 어깨들의 전언, 나는 대지의 공기 속에서 무수한 소립자들의 세계사를 읽는다

편력이 더이상 꿈이 되지 않는 시대에 나는 밤의 에게 해를 바라보며 위대한 자정에게 묻는다

무한의 감정 끝에서 만나는 그대여

그대는 또 어느 감정의 무한을 향해 달려갔는가

델피에 가려면

델피에 가려면, 신타그마 광장에서 모나스티라키와 오모니아를 지나 라리시온 스트리트 터미널 B로 가야 한다네, 라리시온 스트리트 터미널 B에서 시외버스를 타고 델피에 가려면, 올리브나무 가로수들을 지나 아테네 외곽에 만개한 2월의 벚꽃들을 지나 그렇게 한참을 북쪽을 향해 달려야 한다네, 그렇게 달리다보면 그리스 집시촌에 당도하는데 그리스 집시들은 지상에 널어놓은 빨래들로 자신들의 음악을 연주한다지, 그들의 음악에 빠져들기 시작하면 델피에 당도할 수 없다네, 델피에 가려면 눈을 감고 귀를 막고 그리스 집시촌을 지나고 회한도 없이 테베를 지나서 파르나소스 산의 중턱까지 가야 한다네, 지중해에서 마신 소주가 깨기 전에 하얗게 만년설이 덮여 있는 산을 지나 파르나소스 산의 중턱에 있는 델피의 언덕까지 곧장 가야 한다네, 델피에 가려면, 델피에 가서 델피의 언덕에서 사랑을 맹세하려면 그렇게 곧장 가야 한다네, 델피의 산들은 모두 하늘로 가고 하늘의 산들은 다시 바다로 내려오는 오후 델피의 언덕에서 사랑을 맹세한 자들은 영원히 함께 살 수 있다고 담배와 바람의 신이 말해주었네, 델피에 가려면, 신타그마 광장에서 모나스티라키와 오모니아를 지나 라리시온 스트리트 터미널 B로 가야 한다고, 라리시온 스트리트 터미널 B에서 시외

버스를 타야 한다고, 바람과 담배의 신이 나에게 말해주었네, 델
피에 가려면, 델피라는 이름의 조그만 영원의 마을에 당도하려면

아테네에 도착한 첫날 신타그마 광장 옆의 거리를 걸을 때
부터 올리브 냄새는 너무도 강렬하게 나의 후각을 마비시켰
다. 아테네에도 저녁이 오고 서서히 거리에 불빛들이 돋아
날 때 나는 뭔가에 취한 듯 신타그마 광장 근처의 길들을 배
회하고 있었다. 그 길의 한 모퉁이에서 모나스티라키 전철
역을 물어보다가 그녀를 처음 보았다. 큰길 한쪽 구석에 담
요를 덮고 있던 그녀는 나에게로 걸어왔다. 집시 여인인가?
숙련된 여행자 같던 그녀는 뭔가 남달라 보였다. 아주 신비
한 분위기를 풍기는, 나이를 가늠할 수 없었던 그녀.

"Can I help you?" 그녀의 목소리는 나의 고막을 울리고
망치뼈, 모루뼈, 등자뼈를 지나며 증폭되어 달팽이관에 와
닿았다. 달팽이관을 통해 나의 뇌신경으로 전달된 그녀의
목소리는 내가 태어나 처음 듣는 음악이었다. 나는 그녀의
목소리를 듣던 순간을 지금도 또렷이 기억한다. 내 머릿속
이 온통 밝아지면서 순식간에 나를 무장해제시키는 마법 같
은 목소리였다. 그 순간 나는 그녀의 손목을 잡고 아테네의
뒷골목으로 사라지고 싶었다. 그 뒷골목으로 가면 마치 영
원이 있을 것 같았다. 잠깐 동안이었지만 그녀와 여러 가지
이야기를 나누었다. 다른 사람과는 마치 평생을 나눠야 할

말을 그 순간에 다 나눈 것 같았다. 그녀는 내가 괜찮다면
함께 여행하자고 제안했다. 나는 그 누구와도 함께 여행하
지 않는다고 대답했다.

눈빛

어떤 날은 아침부터 장엄하다

거울을 통해 나아가며 환각을 탐색하자

일단 시작해라, 그리고 무슨 일이 벌어지는지 한번 보자

절대 멈추지 않는, 한번 할 만한 가치가 있는 일은 계속 반복할
만한 가치가 있다

삶이란 심각하게 받아들이기엔 너무나도 중요한 것이다

형편없는 시를 쓰더라도 나만의 방식으로 형편없이 쓴다는 거죠

눈이 내리는 날에는 창밖을 바라보며 시를 적는다 시는 한 척
의 배 난파와 실종의 유전자를 탑재하고 있다 소리의 기상도를 따
라 예민한 감각의 별들이 우주를 항해할 때 나의 고독은 별들의
음악을 연주한다 눈이 내리는 날에는 창밖을 바라보며 무한을 횡

—

— 닫힌다

　시는 시인에게 힘의 원천이고 유일한 동맹군이며 자의적인 결정
일지라도 시인이 내리는 결정의 근거가 되는 지점이다

　시가 스스로 내리는 결정의 근거가 되는 지점은 술, 그대와 함
께 마시는 술이 시의 유일한 동맹군

　당신의 입술 속에는 눈동자가 있어요, 당신과 키스를 할 때마다
그 눈동자가 나를 지켜보고 있죠

　음 그렇군!

　어떤 날은 저녁까지 장엄하다

　그런 날 초저녁 별은 그대 언젠가 살아야 할 다른 삶의 눈빛이다

　그리스에서 기상 악화로 몇 번의 결항이 있었고 나는 비행
기를 타고 포르투갈의 리스본으로 날아갔다.

리스본 이야기

　앵두꽃을 닮은 리스본에 갔었지

—

두툼한 구름 몇 장을 지나자 꽃잎처럼 환하게 돋아나던 도시,
비행기가 도착할 즈음 바라보았던 잡초로 가득했던 리스본 공항

오후의 리스본 공항은 흐르는 구름에 섞여 어디론가 끊임없이
움직이고 있었지, 타호 강의 부표들처럼

그때 나는 왜 리스본에 갔던 걸까, 리스본에 가서 리본처럼 팔랑
거리며 대서양을 횡단하는 나비라도 되고 싶었던 걸까

앵두꽃을 닮은 리스본에 갔었지

앵두꽃처럼 하얗게 피어났다 내 기억에서 너무 일찍 떨어져버린
리스본, 내 사랑했던 한 잎 꽃잎의 도시

한때 나는 리스본 거리를 팔랑거리며 날아다니던 리스본의 나
비였는지도 몰라

리스본 거리를 불안의 책처럼 읽어나가던 페르난두 페소아의 유
령이었는지도 몰라

마르케스 데 퐁발 역을 지나 지하철역을 빠져나오면 대낮에도
환각제를 팔던 바이샤 시아두 거리가 있었지

181

그곳에서 나는 대낮에도 환각의 삶을 살았네. 걸으면서 마셨고 마시기 위해 걸었지

오후의 거리는 낡고 오래된 파두 클럽 같아서 파두 파두 바람 불어올 때면 고요히 아카시아 꽃잎 휘날리던 상 벵투 거리

파두 소리 들리지 않아도 하루 종일 검은 돛배들 유령선처럼 하늘을 배회하던 내 청춘의 마지막 항구 리스본

저물녘이면 떠나가는 여객선을 바라보며 타호 강이 보이는 대서양 주점에 앉아 오래도록 술을 마시다 갈매기들과 함께 숙소로 돌아오곤 했지

그러나 내 마음의 봄은 너무 짧은 것이어서 마음에 피었던 한 잎의 리스본은 지금 어디에서 피어나고 있나

삶이 폭풍 전야처럼 고요히 흔들리며 어두워질 때 나는 리스본행 나비가 되어 일곱 개의 언덕을 지나 앵두꽃을 찾으러 떠나는데

바람 부는 호카 곶에는 아직도 나만이 알고 있는 그녀가 여전히 피어 있을까

포르투갈에서 시작하여 유럽 남쪽을 한번 훑고 유럽 중북부를 한번 둘러볼 계획이었다. 나의 환각인지는 몰라도 내가 방문했던 도시마다 거리의 먼발치에서 꼭 한 번씩은 그녀를 보았다. 그런데 이상한 것은 어느 순간 그녀임을 확인하기 위해서 가까이 다가가면 그녀는 마치 신기루처럼, 하나의 환영처럼, 내 눈앞에서 감쪽같이 사라진다는 것이었다. 리스본에서도, 마드리드, 톨레도, 세비야, 바르셀로나에서도 그녀는 사라졌다.

약속해줘, 구름아

아침에 일어나 커피를 마신다. 담배를 피운다. 삶이라는 직업

커피나무가 자라고 담배 연기가 퍼지고 수염이 자란다. 흘러가는 구름 나는 그대의 숨결을 채집해 공책 갈피에 넣어둔다. 삶이라는 직업

이렇게 피가 순해진 날이면 바르셀로나로 가고 싶어. 바르셀로나의 공기 속에는 소량의 헤로인이 포함되어 있다는데, 그걸 마시면 나는 7분 6초의 다른 삶을 살 수 있을까. 삶이라는 직업

약속해줘 부주키 연주자여, 내가 지중해의 푸른 물결로 출렁일 때까지, 약속해줘 레베티카 가수여, 내가 커피를 마시고 담배 한

대를 맛있게 피우고 한 장의 구름으로 저 허공에 가볍게 흐를 때
까지는 내 삶에 개입하지 않겠다고

  내가 어떡하든 삶이라는 작업을 마무리할 때까지 내 삶의 유리
창을 떼어가지 않겠다고

  약속해줘 구름아, 그대 심장에서 흘러나온 구름들아, 밤새도록
태풍에 펄럭이는 하늘의 커튼아

  파리에서도 그녀는 잠시 나타났다 구름처럼 사라졌다. 파
리의 세탁선 앞에서는 그녀를 찍은 필름이 통째 망가졌으
며 내가 당도한 포도밭 앞 라팽 아질은 월요일이라 휴일이
었다.

파리에서의 모샘치 낚시

  지난해 파리의 여름은 유난히 더웠지
  모두들 오랑캐처럼
  머리를 박박 밀어버리거나
  틀어 올려 묶고 다녔지
  파리 센 강을 뛰놀던 모샘치
  목덜미에 숨겨진 나라를
  그때 처음 보았지

센 강의 푸른 물결이거나
대륙 끝에 매달린 호카 곶이거나
바람이 불 때마다 국경선이 바뀌는 모샘치의 나라는
난바다를 향해 깃발처럼 펄럭이고 있었지
내밀한 욕망의 말발굽들이 그 나라를 향해 달렸네
누군가는 성스러운 원정이라 하고
또 누군가는 불가피한 침략이라고 에둘러 말했지만
영원이라는 이름의 깃발을 앞세워
청춘의 이름으로 낚시를 자행했네
나는 사량(思量)처럼 콧수염을 기르고 다녔지
결핍의 주머니 속에서는 몇 푼의 청춘이
서로 부딪치며 짤랑거리고
모샘치의 나라를 생각할 때마다
무럭무럭 콧수염만 자랐지
한 번도 침략해본 적 없는 나라에 대한 그리움이
반월도처럼 자라나 내 심장을 찌를 때
죽을 듯이 아픈 마음은
침략처럼 그 나라에 가닿고 싶었네
콧수염이 닿으면 모샘치는 놀라
기절할 듯 달아나겠지만
이게, 너를 위한 사랑이야
콧수염이 자라는 동안만이 영원이야
혁명 전야처럼 말하고 싶었네

그러나 말하지 못하는 마음은
밤새 말발굽 소리를 내며
모샘치 목덜미에 숨겨진 나라를 향해 달려가지
그렇게 청춘이 시작되어
그렇게 청춘이 지나갔네
그렇게 생각했는데
여전히 콧수염은 자라고
마음은 말발굽 소리를 내며
모샘치에게로 달려가지
가을의 입구에서
낚싯바늘처럼 꺼칠하게 자란 수염을
만지작거리며 생각해보아도
모샘치 목덜미엔
나 아직 꿈꾸는
센 강 좌안의 푸른 물결이 출렁이고 있겠지

라팽 아질에서

당신 이번 여름에 텅 빈 파리로 와요
몽마르트르에 있는 라팽 아질로 와요
지나간 샹송들을 들을 수 있는 라팽 아질로 와요
원래는 카바레 드 자사생으로 불리던 곳
암살자의 주점에서 나 당신을 기다려요

당신 이번 여름에 카바레 드 자사생으로 와요
와서 삶의 두통들을 모두 암살해버려요
당신의 멋진 덧니로 그것들을 다 암살해버려요
그리고 밤새 우리 죽도록 사랑을 나눠요
사랑한다는 건 함께 고요히 죽어간다는 거
아마 밤새도록 나는 당신을 죽일 거예요
내 거친 수염으로 당신을 암살할 거예요
웃지 말아요, 당신
추억이 고통스럽다면 추억을 암살하러 와요
당신은 나를 죽이고 나는 당신을 암살하겠지요
아무도 모르게 우리 암살자의 주점에서 만나요
당신은 사랑의 맹독으로 나를 암살해줘요
나는 밤새도록 당신을 만지고
그러면 당신도 밤새도록 나를 만지겠지요
그리고 우리 그냥 서로에게 암살당해요
우리가 그렇게 죽는다면 그건 암살자의 주점 탓이지요
라팽 아질이든, 카바레 드 자사생이든
당신을 만나서 당신을 암살하고 싶어요
그리고 죽은 당신의 귀에 대고
오래도록 달콤하게 사랑한다고 속삭일래요
암살자의 주점으로 어서 와요, 당신
암살자의 주점에서 나 당신을 기다려요
당신 내 취향이에요, 어서 와요, 당신

이미 죽은 당신, 내가 죽인 당신
다시 죽이고 싶은
그리운 당신

로맹 가리

바람이 분다, 사는 척이라도 해야겠다

두 개의 중국 인형이 있는 되 마고에 앉아 그대를 생각했어

저녁이었는데, 적막에 관한 아주 길고 느린 필름처럼 파리의 석
양은 쉽게 찾아오지 않았어

밤 10시가 다 되어서야 석양이 오다니!

나는 환각과 착각 속에서 백야를 봤어

결전의 날, 마침내 나는 완전히 나를 표현했다

그대가 남긴 유서의 한 구절을 생각하고 있었는데, 결전의 날은
왜 또 그렇게 쓸쓸한 적막처럼 내게로 불어왔던 것인지

저녁이었는데, 그대 떠나고 없는 거리는 붐비는 상념처럼 쉽게

어두워지지 않았어

　이상하게도 어두워지지 않던 밤 9시의 뤼 뒤 바크에서, 뤼 뒤 바크의 적막 속에서, 뤼 뒤 바크의 적막을 서성거리다가 어느새 나는 두 개의 중국 인형에 당도했던 거야

　저녁이었는데, 내가 마시는 크로넨부르 1664 맥주의 거품처럼 파리의 밤은 도대체 어두워지지 않았어

　낮에 다녀온 진 세버그의 무덤에 그대 대신 짧은 편지 한 통을 남기고 왔지

　그녀에게 할말이 있었는데 잘 생각나지 않았어

　고독이 완성된다면 그건 바로 무덤에서일 거야

　두 겹의 삶이 아주 자연스럽게 스며드는 곳도 끝내 그곳이겠지

　저녁이었는데, 나는 유령처럼 두 개의 중국 인형 카페에 앉아 생제르맹데프레 교회당의 종루를 바라보며 구원받지 못할 영혼처럼 술을 마셨지

　죽음 이후에도 친구들과 웃고 떠들며 한잔 마실 수 있는 술집이

있다면 기꺼이 나는 그쪽으로 가겠어!

바람이 분다, 누군가는 살아 있는 것이다

닫혀 있던 시간의 창문을 열면 고독한 그대 눈동자의 별빛들
이 보여

떠도는 별들, 메마른 생의 대지를 다 읽으며 지나온 그대의 쓸
쓸한 눈빛

저녁이었는데, 그대가 벗어놓고 떠나버린 허름한 대지, 헐렁
한 대기 속에서 두 개의 중국 인형처럼 나는 두 개의 상념에 잠
겨 있었어

육체의 고통, 육체의 몽상

바람이 불 때마다 가로등의 불꽃들이 뛰는데, 뛰어오르는데 내
가 찾아 헤매는 시냇물 같은 영혼은 어디에 가서 여치들하고나 놀
고 있는 것인지

저녁이었는데, 바라보던 풍경에서 문득 시선을 거둬 오래도록
그대 눈동자를 바라보는 건 지금 그곳에서 이 세계의 본질적인 풍
경이 돋아나고 있기 때문이지

그리고 별빛을 향해 담배를 피워 무는 건 그대에게 고백할 게 있다는 뜻이지

아, 나도 미친 듯이 고요하게 살고 싶어라!

저녁이었는데, 멀리서 들려오는 종소리의 문턱에 잠시 상념을 걸어놓고 이렇게 담배 연기로 그대 이름의 시를 써본다

로맹 가리, 이런 게 시가 되지 않으리란 걸 나는 알아

시가 아니라면 넋두리겠지

이 세계의 내면을 향한 웅얼거림 같은 거

쉽게 어두워지지 않는 삶에 대한, 아주 고요한, 한잔의 적막 같은 거

그러니까 지금은 그대 고독이 키운 영혼의 늑대들 우우우 달빛의 울음소리를 내며 지상의 어깨 위로 귀환하고 있는 깊은 밤이야

두 개의 중국 인형이 깊은 어둠을 내려다볼 때면 이곳에도 밝은 달이 뜨고 지구의 푸른 언덕 위를 넘어가는 두 개의 그림자를

—

— 볼 수 있으리

바람이 분다, 우리는, 아무튼, 살아낸 것이다

아를과 마르세유와 뮌헨과 베를린에서도 그녀는 나타났다가 홀연히 사라졌다.

아, 아를아 왜 나를 아를케 하느냐

아를에 와서 나는 아프다
파란 하늘처럼 아프고 바람에 흔들리는 아를 역사의 풀잎들처럼 아프다

잠재적 고독을 그대로 공표해버린 듯한 아를의 광장에서도
광장으로 무장무장 쏟아지는 햇살 속에서도
나는 론 강처럼 외롭고 외로운 짐승처럼 아프다

아를에 와서 나는 걸을 때마다 아프다
바람의 목발을 짚고 척각의 아픈 기억이 절룩거리며 아를 시내를 관통해 걸어간다

1664년부터 크로넨부르씨도 그랬을 것이다

—

4661년까지 나의 고독씨도 그럴 것이다

아를에 와서 나는 아프다, 바람이 불 때마다 아프다, 밤의 카페 테라스에서도 나는 대낮처럼 환하게 아프다

환하게 아파오는 영혼의 좁다란 뒷골목에서 창문에 실려 있는 한 조각 햇살이 담쟁이 넝쿨에게 묻는다

아, 아를아 왜 나를 아를케 하느냐

그녀에서 영원까지

생의 불꽃이 환하게 타오르던 밤이었을 것이다

푸얼푸얼 찻물이 끓어오르던 밤이었을 것이다

천사들이 지상으로 자꾸만 하강하던 밤이었을 것이다

나는 기타를 치며 노래를 부르고 그녀는 고요히 나를 바라보며 춤을 추었을 것이다

베를린의 어느 밤이었을 것이다, 아니 생의 어느 고요한 밤이었을 것이다

무대 한구석에 기타를 세워두고 담배를 피워 물어도 그녀는 가만히 나를 바라보기만 했을 것이다

그녀가 왜 나를 바라보는지 왜 아무 말도 없는지 알지 못하지만 나는 담배를 끄고 다시 기타를 연주했을 것이다

그녀가 다시 나를 물끄러미 바라보며 세상에서 가장 아름다운 춤을 추었을 것이다

그녀를 만나기 위해 나는 영원에서 지상으로 하강하였을 것이다

그녀가 펼쳐놓은 침묵의 악보를 넘기다가 나는 문득 계절을 느끼지만 그녀는 여전히 나를 바라보고만 있었을 것이다

베를린의 어느 밤이었을 것이다, 아니 그녀에서 영원까지 내가 걸어가던 생의 어느 고요한 밤이었을 것이다

생이 불꽃의 날개를 달고 환하게 타오르던 그런 밤이었을 것이다

푸얼푸얼 끓어오르던 찻물이 생의 비등점을 향해 가던 그런 밤이었을 것이다

천사들이 지상으로 하강해 음악을 연주하고 나는 자꾸만 담배를 피우며 천사들을 만들어내던 그런 밤이었을 것이다

잘츠부르크와 프라하와 부다페스트에서도 그녀는 나타났다가 사라졌다.

여행을 하면서 나는 여행의 마지막 장소를 니스로 잡았다. 니스에서 며칠간 머물며 긴 여행을 마무리할 계획이었다. 니스는 내가 좋아하는 르 클레지오의 고향이기도 했으니까. 그러나 니스에 머물며 내가 눈으로 확인한 니스는 그렇게 Nice한 곳이 아니었다. 니스에 실망한 나는 코트다쥐르 열차를 이용해 여러 곳을 둘러보았다. 칸, 그라스, 엑상프로방스, 모나코, 에즈, 툴롱, 망통.

여행의 마지막 날 레몬으로 유명하다는 망통에 간 것 같다. 망통의 길거리를 걷다가 나는 누군가 살다 이사가버린 아무도 살지 않는 텅 빈 집에 도착했다. 열쇠도 잠겨 있지 않은 집의 문을 열고 들어가니 방의 한구석에 액자도 없는 한 장의 유화 그림이 있었다. 나는 그 그림을 보는 순간 너무 놀라 폐허 같은 방 한복판에 털썩 주저앉고 말았다. 그림 속에는 내가 아테네에서부터 봤던 그 여자가 그려져 있었다. 나는 마치 무언가를 훔쳐 달아나듯 황망히 그림을 들고

그 집을 빠져나왔다. 아무래도 마음이 진정되지 않아 망통의 편의점에서 1664 맥주를 사들고 망통의 바닷가로 갔다.

나는 망통의 바닷가 바위에 앉아 1664 맥주 캔과 나의 왼발을 사진으로 찍었다. 여행을 하는 동안 나의 수첩에는 한권의 시집이 씌어졌고 그 시집은 나중에『사랑과 열병의 화학적 근원』이라는 시집으로 발간되었다. 인생은 하나의 긴 여행이며 여행은 몇 개의 에피소드로 이루어진다. 나는 전직 천사로서 지구라는 행성을 여행하며 몇 개의 에피소드를 갖게 되었다. 그리고 지금 나에게 남은 건 단지 몇 편의 시일 뿐이다.

망통 간다

니스는 새침하고 불친절한 도시 Nice가 아니라네, 니스를 거기에 두고 오늘 나 레몬향 가득한 망통으로 가네, 망통, 이름만 들어보면 영 망통일 것만 같은 그곳으로 가네, 삶은 어차피 나에게는 언제나 불친절했던 것, 삶을 거기에 그냥 두고 오늘 나 망통 가네, 프랑스와 이탈리아의 접경지대라는 망통, 내가 지나온 삶은 어차피 망통이어서 오늘 나 불친절한 삶을 등뒤에 남겨두고 망통 가네, 한 끗도 안 되는 망통, 이번 삶 내 여행의 종점, 망통 망통 뱃고동 소리 자욱한 지중해를 옆구리에 끼고 나 오늘 끗발도 안 서는 망통 가네

적막은 어디로부터 오는가

　이곳 해안은 천사의 만으로 불린다지만 정작 전직 천사가 당도
한 여기는 프랑스 남부 해변 휴양 도시 니스 하비 호텔 끝방 316호
실, 텅 빈 방의 자정, 적막은 어디로부터 오는가, 니스가 싫어 니
스의 소란함이 싫어 낮에 열차를 타고 그라스에 갔었지, 그라스 맑
은 한잔의 하늘과 구름을 나는 마시고 싶었지, 니스의 마지막 밤,
여기는 욕망의 점진적 이동이 잠시 멈추어 고독의 포즈를 취하는
곳, 삶의 비린내도 잠시 멈추고 담배를 피우며 맥주를 마시는 하
루의 끝, 자정 너머 천사의 만에서 들려오는 먼 파도 소리 들으며
생각하노니 적막은 어디로부터 오는가, 세상의 모든 음악으로도
감싸 안을 수 없는 본질적 고독은 어디로부터 오는가

　이 세계의 끝에 있어도 항상 더 먼 곳에서 돌아오는 여자
가 있다. 그녀라는 단 한 명의 인류 때문에 나는 언젠가는
인간이 되려고 한다. 하지만 나는 아직도 여전히 허공을 떠
돈다. 망통에서 그녀의 그림을 본 후 10여 년의 세월이 흘렀
다. 나는 또 최근에는 이란을 여행했다. 이란을 여행하며 테
헤란, 이스파한, 야즈드, 쉬라즈에서도 그녀의 유령을 본 것
같다. 그녀는 도대체 누구일까. 나는 아직도 여전히 더 먼
곳에서 돌아오는 그녀를 꿈꾼다.

삶이란 스스로 꿈꾸는 한 편의 시이다. 전직 천사는 날개 달린 발로 온 세계를 떠돌며 단 한 편의 시를 쓴다. 허공을 살다 영원으로 사라진다. 영원이라서 가능한 밤과 낮이 여기에 있다. 그럼 이만 총총.

여진(女眞)

문득 치어다본 하늘은
여진의 가을이다
구름들은 많아서 어디로들 흘러간다
하늘엔 가끔 말발굽 같은 것들도 보인다
바람이 불 때마다
여진의 살내음새 불어온다
가을처럼 수염이 삐죽 돋아난 사내들
가랑잎처럼 거리를 떠돈다
호롱불,
꽃잎처럼 피어나는 밤이 오면
속수무책
구름의 방향으로 흩어질 것이다
어느 여진의 창가에
밤새 쌓일 것이다
여진여진 쌓일 것이다

박정대 1965년 강원도 정선에서 출생했다. 고려대 국문과를 졸업했으며, 1990년『문학사상』으로 등단했다. 시집으로『단편들』『내 청춘의 격렬비열도엔 아직도 음악 같은 눈이 내리지』『아무르 기타』『사랑과 열병의 화학적 근원』『삶이라는 직업』『모든 가능성의 거리』『체 게바라 만세』가 있다. 현재 무가당 담배 클럽 동인, 인터내셔널 포에트리 급진 오랑캐 밴드 멤버로 활동중이다.

— 문학동네시인선 085
그녀에서 영원까지
ⓒ 박정대 2016

— 1판 1쇄 2016년 9월 30일
1판 4쇄 2022년 10월 28일

지은이 | 박정대
책임편집 | 도한나
편집 | 김민정 김필균
디자인 | 수류산방(樹流山房)
본문 디자인 | 유현아
마케팅 | 정민호 이숙재 박치우 한민아 이민경 안남영 왕지경 김수현 정경주
브랜딩 | 함유지 함근아 김희숙 고보미 박민재 박진희 정승민
제작 | 강신은 김동욱 임현식
제작처 | 영신사

펴낸곳 | (주)문학동네
펴낸이 | 김소영
출판등록 | 1993년 10월 22일 제2003-000045호
주소 | 10881 경기도 파주시 회동길 210
전자우편 | editor@munhak.com
대표전화 | 031) 955-8888 팩스 | 031) 955-8855
문의전화 | 031) 955-3578(마케팅), 031) 955-1920(편집)
문학동네카페 | http://cafe.naver.com/mhdn
인스타그램 | @munhakdongne 트위터 | @munhakdongne
북클럽문학동네 | http://bookclubmunhak.com

ISBN 978-89-546-4246-0 03810

www.munhak.com

— **문학동네**